*An Interdisciplinary
and Cross-Cultural
Study of Literature*

文学跨界与跨文化研究

杨晓敏 著

社会科学文献出版社
SOCIAL SCIENCES ACADEMIC PRESS (CHINA)

序

杨晓敏是我的硕士生,她给我的第一印象是聪慧干练,语言表达流畅。入学时,晓敏已从事了多年外国文学教学工作,学习期间则表现出勤奋严谨的治学态度以及较强的科研能力,并以优异的成绩完成学业。硕士毕业后,已经晋升为副教授的她,克服重重困难选择继续求学,于天津师范大学文学院比较文学专业获得博士学位。在多年的交往过程中,我感到杨晓敏是一位脚踏实地、勤学上进的年轻人。她经常跟我谈起自己对比较文学前沿问题的思考,并且对蒙古族文学与世界文学关系表现出极大的兴趣。不久前,杨晓敏将多年的学术探索凝结成一部书稿交给我看,并希望我能为她写序。我非常感慨,又十分欣慰。

翻开杨晓敏的学术专著《文学跨界与跨文化研究》,我感到,多年的教学与学习积淀打开了她的学术视野,特别是长期对比较文学的学习与研究，使她的学术探索贯穿着比较意识，这也是当代学者应该具备的学术理念。这本书最大的特点便是"跨"——跨界、跨文化。"跨"就是打通，就是交融。该书中有学科之间的打通，如生态伦理学与文学、影视艺术与文学；有不同民族、不同文化之间的打通，如蒙古族文学与其他民族文学的比较研究，中西方文学现象之间的交流与影响以及文化传统的差异性研究。本书还有一个特点，就是作为生活在内蒙古的学者，作者以其地缘优势，对蒙古族文学进行了很有启发性的研究。就书中涉猎的文学体裁而言，有蒙古族文学中的史诗、小说、诗词，以及儿童文学作品等，作者对多种体裁中的代表性作品都进行了比较研究与现代阐释。本书还运用了比较文学的各种研究类型对蒙古族文学加以研究，其中有影响研究，如"蒙古族现代文学的现代性特征"等；有平行研究，如"萨福与朱淑真之比较"；有阐发研究，如"《江格尔》——蒙古族人民的'理想国'""创伤理论视角下萧乾短篇小说的儿童书写"；还有接受研究，如"萨空了对西方艺术理论的接受"。书中还有文学范围内部的比较研究，有形象学研究的"凤凌游记中的西方形象"；主题学研究的"拉美魔幻现实主义与中国藏域文学'孤独'母题之比较"等。总之，本书在比较文学视阈下，对中外文学进行了"跨界与跨文化"的研究与阐释。特别值得肯定的是，作者秉承着"打通""比较"这一学术理念，为我们提供了一个个既典型又很有启发性的研究案例，如本书对"蒙古族现代文学的现代性特征"的研究即是当代蒙古族文学研究的一个缺项，书中对此问题的提出与思考对今后的蒙古族现当代文学研究将有很大的启示意义。

学术研究是没有止境的，我希望杨晓敏再接再厉，不断探索，在学术研究中找到乐趣，取得更大成就。

王艳凤

己亥仲夏于呼和浩特如意阁

前　言

方法、意义：文学的跨界研究

　　文学是人学，关注自然的人和社会的人。在全球化语境和世界文化交流无孔不入的历史洪流中，每一种学科的发展和研究都处在游移和不断变化之中，学科的边界是有弹性的。但是，相对于自然学科以及人文学科中的历史、哲学、艺术学等，文学研究的容量更大，边界更加模糊，比较文学学科的兴起和发展就是例证。在一百多年的发展历程中，比较文学由最初的国别文学逐渐发展为"跨民族、跨语言、跨文化、跨学科"的文学研究，其跨界研究方法拓宽了文学研究的领域，开辟了新的探索途径。历史上，许多文学家本身也是哲学家、数学家、美学家、教育家或医师；在"人类文化史上，文学与历史结合产生过史诗、历史小说和传记体小说，文学与音乐相结合产生过歌剧、颂诗和民歌等，文学与宗教音乐结合产生过清唱剧、赞美诗，文学与舞蹈结合产生过标题性芭蕾舞，文学与自然科学结合产生了科学幻想小说、电影、电视、广播剧等，文学与心理学结合又产生了文艺心理学、神话原型批评等一系列的新理论，等等"[1]。文学的跨界研究取得了丰硕的成果，其中包括生态文学、科幻文学、影视文学、网络文学、文艺心理学等。

一　文学的跨语言写作——以蒙古族作家汉语写作为例

蒙古族作家的跨语言交流与写作产生较大成就是在蒙元时期，它也是为近代更加频繁、多元的蒙汉文学文化交流打下坚实基础的时期。古代蒙古民族由许多部落组成，不同的部落在语言、宗教、习俗、生产生活方式等方面都不尽相同，成吉思汗统一各部落建成蒙古汗国之后，各部落文化实现了交融，蒙古民族自然也形成了兼容并蓄、开放包容的特点。随着蒙古汗国实力的不断壮大，蒙古军队南征北战，不仅与中原地区的汉文化发生碰撞冲突，也与阿拉伯世界发生关系。因此，汉民族儒家和阿拉伯伊斯兰两大文化区对蒙古文化产生了很大影响。蒙古民族本着兼容并蓄的开放精神积极学习两大文化区的政治、军事、科学技术、生产生活方式和文学

---

[1]　孟昭毅：《比较文学通论》，南开大学出版社，2003，第227页。

艺术，从而极大地丰富和发展了本民族文化。此外，蒙古民族还吸收了突厥、匈奴、鲜卑等游牧民族的优秀文化因素，与欧洲、亚洲、非洲的许多国家建立了多种联系，搭建了草原丝绸之路。

多民族文化交融的实现需要借助语言载体。元朝时高丽语即传入中国——据张昱的《可闲老人集》记载，元朝宫廷许多人都会讲高丽语，连守卫宫门的卫士也"学得高丽语，连臂低歌井即梨"；日语也随着日本商人与僧人的往来传到了草原；还有柬埔寨、泰国、缅甸、印度等国家的语言在与蒙汉民族商业往来与通婚的过程中实现碰撞与交融；英语在蒙元王朝对欧洲的西征和欧洲的商人、旅行家、传教士的东来过程中亦得到了广泛传播。

因蒙汉文化交流而取得的跨语言写作成就最大。蒙古民族统治中原地区之后，大力提倡蒙古人学习汉文化，特别是中原地区的礼仪和政治策略。蒙古贵族身先士卒，率先学习汉文化，元世祖忽必烈本身就非常熟悉汉文典籍和礼仪制度，并能用汉语进行诗歌创作，他写过《陟玩春山纪兴》，其语言优美，格律严明，风格豁达，汉诗味道十足。到文宗、顺帝，他们已经能够非常熟练地进行汉语创作。元朝将"太子必须学习汉文"写进法律条令，一些蒙古贵族还聘请了儒士给子女当家庭教师。朝廷还组织学者进行了汉语典籍的翻译，被译成蒙古语的有《论语》《孟子》《大学》《中庸》《周礼》

《春秋》《孝经》等。元代用汉语进行写作的文学作品有诗歌、散曲、杂剧、散文等，上至帝王将相，下至文人学者，均有大量作品流传至今。当时，蒙古公主阿盖用汉语、蒙古语、梵语相混合写成了著名爱情悲歌《悲愤诗》，这部描写自己与大理总管段功的爱情悲剧民族特色鲜明。伯颜（1237～1295）是元朝最早用汉语进行诗歌创作的诗人之一，他本人戎马倥偬的一生就是一部军旅史诗，故其诗歌主要反映当时蒙古军人的生活，著名的有《奉使收江南》《克李家市新城》《鞭》等。图铁睦尔（1304～1332）是元代汉文诗词的爱好者和蒙汉文化的交流使者，他著有《自建康之京途中偶吟》《登金山》《望九华》《青梅诗》等。此外，蒙古民族还有郝天挺、泰不华、月鲁不花、笃列图、萨都剌等著名的用汉语写作的诗人，以及不忽木、阿鲁威、孛罗、童童、杨景贤等用汉语写作的散曲作家等。

清代以来，蒙汉文化交流成就更大，出现了色冷、牧可登、奈曼、保安、常禄、法式善、和瑛、思麟、松筠、裕谦、倭仁等用汉语写作的文人，他们中有的是举人、进士出身，汉语水平比较高，诗歌艺术手法纯熟，具有昂扬向上的豪迈气概。这一时期，不少蒙古文人把诸如《诗经》《三国演义》《水浒传》《今古奇观》等名著翻译成蒙古文介绍到蒙古地区，许多用汉语创作的文人也写了不少描写边疆地区风土人情以及民族交往内容的作品。除诗歌外，这一阶段的戏剧、小说也取得了不菲的成就，有些作品已达到很高水平。比如清代的著名作家蒲松龄，其代表作《聊斋志异》"继承了魏晋志怪小说、唐宋传奇的传统，加以发展创造，形成了独特的艺术风格，寄托了作者的'孤愤'，揭露了封建统治阶级的罪恶，展示了封建科举制度给人们精神上的毒害，歌颂了争取真挚的爱情生活和反对封建礼教的斗争精神，达到了文言小说创作的最高峰"[1]。

近现代以来，随着世界文化交流常态化，蒙古族作家用汉语、英语或其他民族语言写作以及用多种语言混合写作也日益常态化，这也体现了文化的混杂性。不少蒙古族作家多语兼通，除母语之外，他们对汉语、藏语、满语、英语等应用自如，其用多民族语言进行写作，突破了母语文学受众的狭窄性，使得蒙古族文学能够以更加多元和丰富的姿态跻身中国文学乃至世界文学的行列。特别是晚清以来，凤凌、贡桑诺尔布、三多、延清等诗人用汉语记述西方游历的见闻及感受，他们在作品中抒发对西方列强侵辱中国的愤懑，表达重振蒙古民族雄风的雄心壮志，在蒙古族文学史上形成一道浓墨重彩的风景线。

蒙古族作家跨语言的写作行为并没有造成诸如一些学者所担忧的对民族传统文化的消解，他们在用非母语写作的过

---

[1] 云峰：《蒙汉文化交流侧面观》，天津古籍出版社，1992，第103页。

程中自觉地将异族文化作为参照物，达成对本民族文化的反观和自省，同时在世界纷繁复杂的文化碰撞所产生的漩涡中努力把持着民族文化的发展方向。少数民族作家非母语的写作活动记录了族群的生命历程、民族文化和家国认同心理的发展变迁，这些地域性的少数民族作家群，反倒较母语写作作家获得了更大的成功，成为在中国文坛夹缝中生长的一枝独秀，全国少数民族文学创作"骏马奖"的获奖情况就是一个例证。在第十届"骏马奖"获奖的25部作品中（翻译奖除外），汉语写作15部，占60%；第十一届获奖的25部作品中（翻译奖除外），汉语写作17部，占68%。可以看出，汉语写作越来越成为少数民族文学创作的主要发展趋势。许多汉语写作的少数民族作家之所以备受欢迎，是因为他们在叙事过程中不露痕迹地嵌入了许多方言和民族语言，其独特性和典型性融于叙述中，又凸显了本土文化心理。

但是，也不得不面对的是，非母语写作作家的文化身份以及在文学史上的位置是尴尬的。纵观各种版本的蒙古族文学史，母语文学作品历来占据主体地位，非母语写作作品往往偏居文学史一角，少数民族作家的汉语文学作品居间于母语文学和汉语文学之中，成为一个尴尬的存在物，作家的"中间状态"和"边缘化"令他们对于文化权威有种缺失感。这种跨语言写作所产生的文化身份认同的模糊感带有普遍意义，藏族作家阿来就发出过"当地人把我们当成汉人，而到了真正汉人地方,我们这种人又成了藏族"的感慨。从这个意义上讲,用比较文学的跨界方法对少数民族作家的汉语文学作品进行研究,体现了一定的学术价值和社会意义。

二 文学与生态批评

E. 拉兹洛在20世纪80年代曾经预言,人类社会即将面临的是"生态学的时代"。他说:"过了现在这段杂乱无章的过渡时期,人类可以指望进入一个更具有承受力和更公正的时代。那时,人类生态学将起关键的作用。在我们为达到这一新时代而努力的过程中,那种认为人的因素是一种有意识、有目的的成分,是积极有益而不是消极有害因素的生态学观念,必将成为有指导意义的原则。"① 生态学,最早于1869年由恩斯特·海克尔提出,是生物学的一个分支,主要研究除人类之外自然界的各个领域,诸如昆虫、草原、森林、海洋、湿地、微生物等。自然,原本就包罗万象,对自然的研究势必会发展为一门动态、开放的综合性学科,这也为生态学由自然学科转向人文学科并逐步构建生态批评理论奠定了学理基础。进入20世纪,曾经为人类的生产生活带来巨大便捷的

---

① 〔美〕E. 拉兹洛:《即将来临的人类生态学时代》,《国外社会科学》1985年第10期,第41页。

工业革命的负能量越来越显著,并极大地威胁到了人类的生存。生态学的研究范畴从现实意义上进一步扩大,由对自然的研究逐步覆盖到对人类社会的研究范畴,包括政治、经济、文学、文化等,催生了一批新型人文学科,如人类生态学、城市生态学、民族生态学、社会生态学、伦理生态学和生态文学等。

　　文学是人学,而人既是自然的人,更是社会的人。纷繁多样的文学艺术形式就是对人与自然、人与社会关系的反映与思考。文学作品与现实世界有着千丝万缕的关系,以文学的形式来反观社会生态的现象自古就有,世界各国远古时期的神话作品无不是对人与自然关系的想象构建与哲性反思。而将生态与文学固定搭配使用并逐步走向繁荣是从20世纪中叶开始的。生态文学"是人类减轻和防止生态灾难的迫切需要在文学领域里的必然表现,也是文学家们对地球以及所有地球生命之命运的深深忧虑在创作上的必然反映"[①]。世界各国的作家们选取不同类型的题材,集中以生态为主题,创作出了大量的文学作品,其用以挖掘生态危机的思想和社会根源,宣扬保护生态的理念,推动了生态文明建设。

　　早在19世纪50年代,美国作家和哲学家梭罗(1817~1862)根据他独居瓦尔登湖畔的生活体验写成的散文集《瓦

---

① 王诺:《欧美生态文学》,北京大学出版社,2011,第1页。

尔登湖》问世,这表达了作家在工业革命影响下对急速发展的美国社会的冷静思考,同时为生活在钢筋混凝土包围中的美国人营造了一个理想的"诗意栖居地"。作家对充满了物欲的城市生活进行了批判,对人类的重负生活充满担忧,提醒人们对精神生活的高质量追求才是"真正的生活"。"某些人整日焦虑紧张,无休无止,像是患上了无可救药的绝症。将工作的重要性一再夸大其辞,成了我们与生俱来的习惯。面对堆积如山的工作,我们到底还有多少没有做完!若是病魔缠身,该怎么办?我们该多么惶恐不安啊!只要不生病,让我们放弃信仰也在所不惜。白天我们提心吊胆,惶惶不可终日,到了夜晚,装模作样地祈祷一番,然后又将自己交付于未知的定数。我们被迫谨慎周全,诚诚恳恳地活着,对生活充满敬畏之心,唯恐发生一丝的改变。"① 梭罗生活在第二次工业革命末期,生态环境遭到极大破坏,自然资源被超负荷开采挖掘,自然规律也被打乱。梭罗通过文学控诉了人类对自然的过度干预,在全球化背景下,他描述的瓦尔登湖成为人与自然和谐相处的一个教科书式的范本。他还预言:"感谢上帝,人们还无法飞翔,因而也就无法像大地一样糟蹋天空,在天空那一端我们暂时是安全的。"

---

① 〔美〕梭罗:《瓦尔登湖》,郭跃渊译,江苏凤凰文艺出版社,2018,第9页。

20世纪60年代,美国著名生态作家雷切尔·卡森(1907~1964)的《寂静的春天》出版,作品在美国乃至世界产生了强烈反响。作家满含深情地将化学药剂对自然界和人类生活所产生的副作用进行了详细而科学的分析,对人类的生存境遇进行了深刻的哲性反思和伦理批评。"在这个受到侵袭的世界里,不是巫术,也不是敌人的破坏使得新生命无法重生,这是人类自己酿成的苦果,如今报应来到了人类的身上。"[1] 雷切尔认为,在人类出现之前,地球是一个遵照自然规律和生物链自我运转的一个整体,人类的出现,打破了自然的生态平衡。她对人类的巨大破坏作用进行了强烈批判:"地球生命史就是一部生物及其周围环境相互作用和影响的历史。地球上动植物的形态和习性很大程度上是由自然环境塑造而成的。实际上,在地球时间的整个阶段,生命改造周遭环境的反作用一直都是相对微小的。只有在出现了人类这一物种——以当今时代为代表——生命才具有了改造自然世界的强大能力。"[2] 《寂静的春天》改变了人们对世界的看法,纠正了人与自然关系的偏颇认识,开创了新时代生态文明的意义,因此,该书入选"改变了美国的20本书",卡森也成为"20世纪最有影响的百人"之一。

---

[1] 〔美〕蕾切尔·卡森:《寂静的春天》,王思茵、梁颂宇、王敏译,江苏凤凰文艺出版社,2018,第2页。

[2] 〔美〕蕾切尔·卡森:《寂静的春天》,王思茵、梁颂宇、王敏译,江苏凤凰文艺出版社,2018,第4页。

前 言

　　20世纪70年代以来，美国"走向荒野"哲学家霍尔姆斯·罗尔斯顿为生态学与人文学科的结合做出了很多学术努力，"他跳出人类中西的认识框架，立足于人类与自然的关系，总结出自然在10个方面的价值：经济价值、生命支撑价值、消遣价值、科学价值、审美价值、生命价值、多样性价值与统一性价值、稳定性与自发性价值、宗教象征价值。全方位地论述了自然与人类文化的血肉关系"[①]。他从物理学及生物学的角度做出判断："所有的生命形式，包括人在内，都得与环境保持某种最低限度的自动平衡，否则就没有足够的投射力生存下去。"[②] 原生态的少数民族地区更是文学与生态相互渗透催生生态文学艺术作品的肥沃土壤。古老的蒙古史诗《江格尔》所描绘的宝木巴地区就是一个世外桃源，那里绿草如茵，广袤的草原没有边际，鲜花盛开，水草丰美，牛羊成群。"四季如春，没有炙人的酷暑，没有刺骨的严寒，清风飒飒吟唱，宝雨纷纷下降，百花烂漫，百草芬芳。江格尔的乐土，辽阔无比，快马奔驰五个月，跑不到它的边陲，圣主的五百万奴隶，在这里繁衍生息。"[③] "早晨，从东方升起

---

① 鲁枢元：《文学的跨界研究：文学与生态学》，学林出版社，2011，第3页。
② 〔美〕霍尔姆斯·罗尔斯顿：《哲学走向荒野》，刘耳、叶平译，吉林人民出版社，2000，第104页。
③ 《江格尔》，色道尔吉译，人民文学出版社，1983，第4页。

红艳艳的太阳，翡翠般的嫩草上露珠晶莹，草原像波光闪闪的绿色海洋。中午，金色的太阳光辉灿烂，禾苗肥壮，茁壮成长，宝雨唰唰下降，雨后太阳又露出笑脸，清风吹荡。"① 生活在宝木巴地区的百姓，生活非常满足，"江格尔征服周围四十个可汗，掌管政教，主宰天下。黄金的世界，光华灿烂，百花争妍，百鸟欢唱，我们的生活幸福无疆。"② 《江格尔》写出了天人合一、万物和谐共生的画面，一个吸引人的理想世界。早期的蒙古人民在宝木巴实现了现代人类社会的终极追求：理想的生存环境、崇高的英雄精神、德才兼备的女性、真挚纯洁的感情。《江格尔》保持了蒙古人的个体心灵与民族心态的敞亮，同时开启了我们对于现实的洞察和对未来的想象。

内蒙古鄂温克作家乌热尔图也热衷于生态写作，他本着文学的民族性坚持民族立场，以生态为主题创作了大量的小说、散文、随笔、历史文化文集等作品，其中描写的鄂温克人的原生态生活以及原始信仰，不失神秘性又体现了独具魅力的少数民族风情。他的作品所透露的生态理念对我国的生态文学创作和生态批评理论的发展都有很大的引导和推动作用，特别是成书于 20 世纪 80 年代的《七叉犄角的公鹿》更

---

① 《江格尔》，色道尔吉译，人民文学出版社，1983，第 29 页。
② 《江格尔》，色道尔吉译，中国国际广播出版社，2016，第 13 页。

以生态写作的方式为儿童营造了一片与自然和谐融洽相处的诗意栖居地。在工业革命迅猛发展，生态遭到严重破坏的当下，乌热尔图以鄂温克少年儿童原生态生活为例，警告世人：儿童是与大自然性灵相通的，破坏自然就是毁灭儿童的未来；钢铁森林般的现代化城市对于鄂温克儿童是陌生的，如何正确引导他们走出大山，接受现代文明是不可轻视的问题；在动物的陪伴下成长的儿童懂得敬畏生命、感恩自然。

生态文学是生态学跨界发展的一个结果，它将文学、文化与自然紧密连接在一起，揭示出了生态危机从本质上说是人类的精神危机，因此，要从根源深处解决生态危机，仅靠自然科学远远不够，需要人文学科的广泛介入与理念引导，需要研究方法的跨学科、跨文化视角的参与。正如鲁克尔特（Rueckert）所指出的："我们必须倡导生态学视野……没有生态学视野，人类将会灭亡……生态学视野必须渗透到我们时代的经济、政治、社会和技术领域，对它们进行根本性的改造，这不是一国范围内的问题，而是全球性的或星球性的问题。"[1] 生态文学也好，运用生态学和生态学的概念研究文学构建的生态批评也好，其目的都是"让人文社会科学绿色

---

[1] *Cheryll Glotfelty & Harold Fromm*. The Ecocriticism Reader: Landmarks in Literary Ecology [M]. The University of Georgia Press, 1996, p.114.

化，从根本上改变我们与自然世界的关系，进而改变我们的世界。正如海德格尔所说，重整破碎的自然与重建衰败的人文是一致的"①。

三 文学与女性主义

女性主义（feminism），来自于18世纪的女权运动，因而有时与女权主义混用。但相对女权主义，女性主义显得更平和一些，它主要从社会性别建构与主流化的视角来凸显女性权利的政治和社会诉求。"女性主义的核心，本质上是一种直面妇女从属地位、解决妇女受到性别歧视、谋求性别平等权益等问题的社会运动。"②

在人类史前的母系文化系统中，女性曾经有过一段短暂的"辉煌"期，女性中心意识是社会的本质特点，这点可以从古代的壁画、祭祀活动和神话中得到印证。在古希腊神话中，最早出现的神是地母盖娅，中国神话中能够创造出人类的也是女神女娲，一些强有力的自然景观的出现通常也被认为是女性意志的体现。女性不仅创造了人类，而且在以后的

---

① 胡志红：《生态批评的跨学科研究——比较文学视域中的西方生态批评》，选自荆亚平编选《中外生态文学文论选》，浙江工商大学出版社，2010，第379页。
② 林林：《比较法视野下的女性主义》，湖南大学出版社，2016，第1页。

劳动生产中起着非常重要的作用,她们的采集活动比男性的渔猎活动更具稳定性,从而成为生活物资的主要来源。女性在战斗中也毫不逊色,据希腊神话记载,阿玛宗部落女子过着一种几乎纯粹是军人的戎马生活,女猎人阿塔兰忒当仁不让,能够率先第一个射中凶猛不驯的野猪,使参加围猎的众多男英雄相形见绌,面露愧色;雅典娜是智慧女神,但由于性格刚烈好斗,其形象始终是身着戎装,手执兵器,因而又是与战神阿瑞斯并驾齐驱的战争女神,被雅典人一致拥戴为城郊保护神。这种文化背景,确立了女性生存的自信。但随着生产生活水平和能力的提高,社会发展模式发生了质的变化,人类的观念、意识也随之发生了巨大改变,最终导致母系文化体系的崩溃,女性的地位由高高在上的女神一落千丈"降"为女人,无论是贵妇人、一般妇女还是女奴、女俘、女仆,毫无例外地成为繁衍后代的工具,甚至成为被男性掠夺的对象,或充当祭祀用的牺牲品。从此,买卖女人和买卖奴隶成为一回事,劫掠财富和劫掠女人亦成为同义语。神话中的英雄最大的特点就是征服欲与占有欲,占有的重要对象就是女性。特洛伊战争就是因为争夺绝世美女而爆发的,其中阿喀琉斯退出战场导致希腊联军节节败退,也是因为掠夺女俘而致。在中国儒家文化体系中,妇女的地位更是无足轻重,她们在精神与暴力的双重压迫下根本没有自主权,很多人早已习惯"嫁鸡随鸡,嫁狗随狗"的生活模式,如遇夫亡,即便不被逼迫殉夫也得活着守节。活人受制于死人，长夜孤灯与灵位相伴，使得许多女子发出了"来世变牛变马，再莫托生为女人"的控诉。

　　基于女性在社会历史进程中的边缘化境遇，许多女性作家将文学与对女性的关注联系起来，创作了大量的女性主义文学，对女性地位的"复兴"寄予了无限的期许。与此同时，女性主义文学批评也随之发展壮大。女性主义批评是以性别为标记、以女性为主体、以性别话语为特征的，因而与其他批评理论有本质差别。两性关系、家庭婚姻、母性、身体、父权、种族、欲望、话语权等与文学创作的关系成为女性主义批评关注的焦点，这些是传统的以男性话语权为中心的理论研究所忽略的。19世纪英国著名女作家弗吉尼亚·伍尔夫围绕自己的生活体验，写了大量女性主题的小说和散文，对长久以来女性备受压迫与歧视的现象做了深刻反思与理性分析。1929年出版的《一间自己的房间》是她女性主义思想的集中体现，这本篇幅并不长的小册子对欧洲文明从古至今妇女低人一等的地位做了驳斥。弗吉尼亚·伍尔夫承认，在她所生活的时代，对妇女的偏见与不平等的状况已在逐渐好转；但同时，她又坚持认为，要实现妇女的平等地位，还有很远的路要走，因为妇女低人一等的观念仍深深地植根于男人们的心中。为此，她提出了自己的看法：一个女人要想独立，必须得有"一间房，500镑"。其女性主义思想尤其是建立女性自己的写作空间以及建设"双性同体"的理论观点修正了传统的男性化的理论建设，肯定了女性自身的价值，使女性主义文学理论初见规模，在社会上产生了很大的影响——拥有一间属于自己的房间仍旧是当代世界女性主义作家的期盼，而"双性同体"已成为当代女性主义者讨论的焦点。这本书被后来的女权运动者奉为经典，也成为女性主义文学批评的发轫之作。

女性主义自诞生，就呈现了明显的跨界性质。"有学者将近百年来的女性主义理论流派走向做了这样的概括：自由主义女性主义，主要指向理性和感情问题；社会主义女性主义，关注点侧重于女性在公众领域与私人领域之间的矛盾；激进主义女性主义，主要关切女性自然与文化的相关主题；心理分析女性主义，则聚焦女性的主体与客体感受问题；文化主义女性主义，更多聚焦女性的心灵与肉体的问题。"[1] 跨界性恰恰将女性主义与文学很好地连接在一起，女性主义批评的方法与理论构建扩大了文学研究的领域与范畴，也为文学创作起到了引导作用。反之，文学以其受众群体的广泛性与普遍性很好地为女性主义的传播搭建了媒介与平台，二者相辅相成，成为文学研究与女性主义研究中的一道亮丽风景。

---

[1] 林林：《比较法视野下的女性主义》，湖南大学出版社，2016，第14页。

四　文学与教育

　　文学与教育是近亲关系。教育关注人的全面和谐发展，离不开文学对人的情感发展的驱动作用，特别是受教育者的认知与想象方面的发展，更需要借助文学的作用来实现。可以说，没有文学的教育，就没有教育的全面发展。"一个国家，要把优秀的文化遗产接受过来，流传下去。文学作品，广义的文学作品，历史上的许多文化包含在里面。不管是历史方面的知识，不管是哲学思想，不管是文学，许多东西都要通过文学的教育来传授。什么叫美、美感，什么是比较高的境界，这些问题都应该在文学教学中体现出来。要成为有文化的民族，像我们中国这么长历史的文化发达国家，不重视文学教育是不行的。"[①] 离开教育功能，文学也就失去了现实意义，从传统文学的"文以载道"到现代文学的"文艺要为工农兵服务"，再到新时期"红色文学"的强大思想政治教育功能的实现，无不体现了文学与教育的渊源关系。特别是经典文学作品对于受教育者的思想政治教育尤其起着巨大的作用，能够弥补简单的说服教育的缺陷，克服枯燥的政治鼓动、思想动员和理论灌输的弊端，大大增强教育的感染力。

---

　　① 于光远：《教育思想文选》，湖南教育出版社，1989，第112~113页。

感性的文学作品很容易与大中小学生的思想与心理相契合，利用文学作品对学生进行思想教育，符合受教育者的认知特点；利用文学作品的人性化特点能够增强教育观念、教育制度、教育理论形态的亲和力和人文性；利用文学作品形式的多样化还可扩大教育的覆盖面。随着人们精神文化的需求日益多样化，很多文学作品以影视艺术的形式走进大众的视野，文学以更加生活化、艺术化、便捷化和网络化的形式呈现在人们面前，文学作品成了思想政治教育的重要媒介。

吴宓在20世纪30年代给清华大学的学生开设《文学与人生》的课程，讲到文学的功能的时候，他把文学的教育功能归结为：涵养心性、培植道德、通晓人情、谙悉世事、表现国民性、增长爱国心、确定政策、转移风俗、造成大同世界、促进真正文明几个方面①。他认为，文学是人生的精髓，是人生的表现，"最佳文学作品含有人生最大量的、最有意义的、最有兴趣的部分（或种类），得到最完善的艺术处理，因此能给人以一个真与美的强烈、动人的印象，使读者既受教益、启迪，又得到乐趣。他进一步分析到：哲学是汽化的人生；诗歌是蒸馏的人生；小说是固化的人生；戏剧是爆炸的人生"②。

---

① 吴宓：《文学与人生》，王珉源译，清华大学出版社，1993，目录页。
② 鲁定元：《文学教育论》，华中师范大学出版社，2005，第3页。

纵观中外文学发展史与教育发展史，不乏以文学创作者的身份做着教育事业，又以教育实践者的身份进行文学创作的人，他们兼具人文气质和教育品格。这样的文学教育家或者教育文学家往往具有着较单一身份的教育家或文学家更强烈的忧患意识，肩负文学启蒙和教育救国的重要使命，具有以天下为己任的社会责任心，有着理想与现实的双重特性。因此，文学教育家不失为一个理想主义者。

文学家的教育思想是通过他的文学作品体现出来的。叶圣陶创作了大量优秀的作品，在他的110多篇小说中40篇是教育小说，如《倪焕之》《潘先生在难中》《饭》《抗争》《义儿》等。通过对小说的研究，我们能够挖掘出叶圣陶"教是为了达到不需要教"、"习惯说"、"自学思想"、"公民教育"、"语文教育改革"等方面的教育理论和方法，这些对当下的素质教育起到了非常大的借鉴作用。叶圣陶以教育家的身份关注知识分子的日常生活，通过人物形象的塑造表达他对教育的思考，"我们从他的创作中，不仅可以看到中国教育界的现状，以及矛盾和症结，还可以看到原理方式上的争论、新旧思路的冲突、校内外的生活情形、师生间的关系和各自的矛盾，以及经济的状态等等"[①]。

---

① 商金林：《中国现代教育家传》（第2卷），湖南教育出版社，1986，第115页。

近代著名蒙古族教育家贡桑诺尔布用娴熟的汉语创作了《夔盦诗词集》。通过对贡桑诺尔布诗词的研究，我们可以看到他开放、包容、现代的教育思想。他的诗词多为政治诗，抒发出他决心通过大兴教育来启发和教化蒙古族人民心智的思想，这是辛亥革命以来弥漫在有识之士意识深处的"民族危机"和"人格危机"的具体体现。做了郡王的贡桑诺尔布借鉴了父亲在位时的经验，更看到了许多教育弊政。因此，他果断革除痼疾，对教育进行了前所未有的改革，大大促进了蒙古族地区教育的现代化进程。他还引进了日本的教育理念，特别是参观了"万国劝业博览会"后更加深切地意识到蒙古民族地区教育的落后。他看到许多蒙古族百姓由于过度痴迷宗教，即使生病也只找喇嘛祈祷而不找医生。《博览会志游日本客中》就表达了贡桑诺尔布希望通过大兴教育开启民智的重要思想。之后，他兴办了崇正学堂、毓正女子学堂、守正武学堂三大学堂，并且写下了《创办崇正学堂而作》："朝廷百度尽维新，藩属亦应教化均。崇正先从端士习，兴才良不愧儒珍。欣看次日峥嵘辈，期作他年柱石臣。无限雄心深企望，养成大器傲强邻。"他将培养人才、拯救民族危亡寄于学堂的创办。贡桑诺尔布对于受教育者不做限制，适龄儿童均可入学，这从崇正学堂的校歌可以看出："唯我学校，创自有清；悠久历史，灿烂光荣；八方稚子，遐迩来同；如霑风雨，如坐春风。师资造就，启迪万方；教育普及，文化发扬；阴山苍苍，锡水漾漾；崇正之名，山高水长。"其时，有些家长对教育认识不够，把孩子偷偷送去当喇嘛以逃避入学，贡桑诺尔布采取了好多措施保证生源，比如给家长免税、免费接送学生上下学，等等。在重男轻女的年代，他对女童格外重视，借鉴日本女子学校的办学经验专门创办了毓正女子学堂，对女童制定了许多优惠政策，还聘请日本女教师授课。这三个学堂的建立，在当时的蒙古地区是一件空前的大事。

文学与教育相结合具有悠久的历史传统。我国传统文化中的"诗书礼乐"的教化功能几乎凝聚成了中华传统文化的精髓。在西方，古希腊雅典城邦的"缪斯教育"就是以文学艺术教育为主要内容对贵族子弟进行教育的，要求学生必须学习音乐、唱歌和朗诵诗歌，他们还要熟悉希腊史诗，接受政治、哲学和文学的教育，并训练演说术。虽然东西方国家文学艺术的教育目的和功能不尽相同，但文学的感性特质影响着人的思想观念和道德情操，是具有普世意义的。因此，文化艺术教育很早就得到了世界各国的重视，并传承至今。

五　文学与影视

文学作品大多是叙事性的，与影视艺术有着内在的一致性，因此为文学与影视艺术的联姻搭建了桥梁，有了现在的"电影文学"与"电视文学"的说法。叙事性将文学与影视艺术紧密联系在一起，文学常用的顺叙、倒叙、插叙、补叙等叙述方式在影视艺术中用回忆、再现、闪回、前闪、插入等方式替代。

　　文学与影视艺术在许多方面相互影响，相互渗透。文学的审美价值深深影响着影视艺术，影视艺术对文学的改编方式也极大地影响着文学的创作倾向和方法，使得文学在言语方式、审美形态和价值取向等方面潜移默化地发生着变迁。"叙事性文学是曾经的电影，电影是今天的叙事性文学。"[1]叙事性文学为影视艺术源源不断地提供着丰富的精神资源，成为影视发展重要的构成要素。现如今，由文学改编的影视作品成为主要的艺术发展模式，有资料统计，自电影问世以来，约70%以上的电影改编自文学原著，其中主要改编自小说。美国"电影之父"格里菲斯"曾宣称他从狄更斯那里学到了交叉剪接技巧；爱森斯坦在《狄更斯、格里菲斯和今天的电影》一文中也争辩说，维多利亚时代的小说家的作品中含有特写、蒙太奇和镜头构图的对等物。福楼拜、哈代和康拉德的小说也可以说是部分地预示了'电影的文法'。当然，随着电影在20世纪成了最流行的艺术，在19世纪的许多小说里即已十分明显的偏重视觉效果的倾向，在当代小说里猛然增长了。蒙太奇、平行剪辑、快速剪接、快速场景变化、声音过渡、特写、叠印——这一切都开始被小说家在纸面上

---

[1]　严前海：《影视文学批评学》，花城出版社，2016，第453页。

进行模仿"①。托尔斯泰曾经坦言:"你们将会看到,这个带摇把的嗒嗒响的小玩艺儿将给我们的生活——作家的生活带来一场革命。这是对旧的文艺方法的一次直接攻击。我们将不得不去适应这影影绰绰的幕布和冰冷的机器。将需要一种新的写作方式。我已想到这一点,我能感到将要来临的是什么。但我是很喜欢它的。场景的迅速变换、情绪和经验的交融——这要比我们已习惯的那种沉重、拖沓的作品好得多。它更贴近生活。在生活里,变化和转折也是在我们眼前瞬息即逝,内心情感犹如一场飓风。电影识破了运动的奥秘。那是它的伟大之处。"②

中国电影的发展史,可以说是中国文学的电影改编史。20世纪30年代,夏衍就将茅盾的《林家铺子》《春蚕》和鲁迅的《祝福》改编成了电影,这引起一时轰动。当代文学时期特别是新时期以来,大量经典红色文学被搬上银幕,比如改编成电影的就有《青春之歌》《红岩》《红旗谱》《红日》《林海雪原》等小说,《白毛女》《龙须沟》《万水千山》等戏剧。80年代以来仅张爱玲就有六部小说《倾城之恋》《怨女》《红玫瑰与白玫瑰》《半生缘》《海上花》和《色戒》被

---

① 〔美〕爱德华·茂莱:《电影化的想象:作家和电影》,邵牧君译,中国电影出版社,1989,第4页。
② 〔美〕爱德华·茂莱:《电影化的想象:作家和电影》,邵牧君译,中国电影出版社,1989,第1页。

搬上银幕，故而掀起一股"张爱玲热"。在视听艺术形式成为文化主流的年代，因作品被改编为影视艺术形式，旧日作家重被推进大众视野，文学作品亦被赋予新的意义和价值。"《大卫·科波菲尔》在克利夫兰的影院公映时，借阅小说的人数陡增，当地公共图书馆不得不添购了132册；《大地》的首映使小说销数突然提高到每周3000册；《呼啸山庄》拍成电影后，小说销数超过了它出版以来92年内的销数。杰里·华德用更精确的数字证实了这种情况，他指出，《呼啸山庄》公映后，小说的普及本售出了70万册；各种版本的《傲慢与偏见》达到33万余册；《桃源艳迹》售出了140万册。1956年，在映出《莫比·狄克》和《战争与和平》的同时配合出售原著，也是这种趋势的继续。"[①]

同样，许多文学理论也被运用到了影视艺术中，借助文学批评的方式可以对影视艺术作品做出分析与解读。比如用生态批评理论解读宁浩导演的草原电影《绿草地》，可以看到影片以儿童视角从生态批评的角度给人类的不当行为以暗示与警醒，同时表达了浓厚的生态理念。影片中，人类的祛魅行为提升了文化发展空间的同时也造成了生态文明的严重失衡，草原儿童以其复魅行径对人类的生态精神进行了良好的修复；极具诱惑力的现代元素对草原儿童提出了挑战，他们

---

① 陈犀禾编《电影改编理论问题》，中国电影出版社，1988，第172页。

终将走出草原，走向世界，对家园的想象成为他们内心解不开的结。毋庸讳言，草原儿童的社会化过程有来自成人文化的营养，但成人专制主义对儿童的心性发展是巨大的灾难，去成人化的生态教育是影片提出的急需解决的问题。《绿草地》能够揭示出草原儿童的当代文化立场和观念的缺席，并以儿童的视角探讨社会问题、发出生态预警、彰显儿童的生态智慧，这是影片的巨大价值之所在。我们还可以用创伤批评理论解读当下热播的黎巴嫩电影《何以为家》。影片同样以儿童为视角，讲述了一个饱受战争之苦而颠沛流离的底层问题家庭的苦难生活。影片以创伤叙事的手法把儿童、妇女、难民这样的弱势、边缘人群的生活放大，凸显了儿童孤独、暴力、仇父心理的创伤症候，探讨了童年的苦难、成长的焦虑和人性的善恶。影片的儿童本位观与去成人化的教育隐喻，也给成人以深刻启示与深沉思考。影片对儿童的创伤叙述并不是为了满足观众窥探隐私的猎奇之心，而是让观众切身参与其中，激发出观众对于儿童创伤性经历的同情与伦理关怀，最终达到治愈儿童创伤的目的。正如该片导演所说："我坚信电影即使不能改变现状，至少也可以引起话题和争议，或者引发人们的思考。"影片在一定程度上改变了部分人的生活状况，扮演赞恩的演员赞恩·阿尔·拉菲尔一家搬到了挪威，过上了相对安宁的生活。一个家庭的被拯救，并不能代表全部，但至少让我们看到了希望。赞恩"睡觉时有一个枕头"

的愿望还是能够得到满足的,"救救儿童"终究不能只是一句口号。

文学与影视艺术虽有许多明显的交叉点,但毕竟它们是两种不同形式的叙事方式,有着本质差别,即使是受影视艺术影响的文学作品,也在语言层面上蕴藏着影视艺术无法精确分析和视觉呈现的东西。文学是非理性的,因而文学与影视艺术将会在各自的领域内共存,即使互相影响也不会损害各自艺术的完整性,文学仍然恪守着语言艺术的真理。

文史哲不分家,文学的跨界性古已有之,只是没有形成一个系统的批评理论。如今,跨界的文学创作成为主要的发展潮流,跨界文学也成为一个独特的文学现象。文学的跨界创作,能够为文学的价值增值,使文学的交流与融合走向更加宽泛与多元的境地。

目录
contents

第一章　文学与生态 … 001

第一节　《江格尔》——蒙古族人民的"理想国" … 003
一　宝木巴——幸福的人间天堂 … 004
二　江格尔——理想的英雄形象 … 006
三　阿盖——理想的女性美 … 009

第二节　乌热尔图小说集《七叉犄角的公鹿》的生态写作 … 013
一　儿童与自然性灵相通 … 014
二　逃离钢铁森林 … 017
三　敬畏生命 … 020

第三节　生态批评视域下的内蒙古儿童文学及其发展趋势 … 024
一　生态批评视域下的内蒙古儿童文学 … 024
二　新媒体环境下内蒙古儿童文学的发展趋势 … 031

第二章　文学与影视 ……………………………………… 037

第一节　电影《绿草地》中草原儿童的生态预警与智慧 ………………………………… 039
  一　"复魅"的警示 ……………………………………… 040
  二　家园的回归与守望 ………………………………… 044
  三　去成人化的生态教育诉求 ………………………… 048

第二节　电影《何以为家》儿童视角的创伤叙事与救赎 …………………………………… 052
  一　创伤症候：孤独；暴力；仇父心理与审父意识 …… 053
  二　创伤的启示：难民儿童如何得到教育救赎？ …… 062

第三章　文学的跨文化比较 ……………………………… 067

第一节　拉美魔幻现实主义与中国藏域文学"孤独"母题之比较 ………………………… 069
  一　孤独：人类生存的重要命题 ……………………… 069
  二　拉丁美洲的孤独 …………………………………… 071
  三　中国式孤独的表现 ………………………………… 074
  四　同归与殊途 ………………………………………… 076

第二节　萨福与朱淑真之比较 …………………………… 080
  一　作家性情之比较——率真与压抑 ………………… 080
  二　爱情诗之比较——直抒胸臆与含蓄哀婉 ………… 083

第四章　异域文化影响下的蒙古族文学 … 089

第一节　凤凌游记中的西方形象 … 091
一　正面形象 … 093
二　负面形象 … 098

第二节　萨空了对西方艺术理论的接受 … 101
一　艺术哲学的重要性 … 102
二　艺术的本质 … 104
三　对"艺术派"与"人生派"的辨析 … 105
四　依据社会性质建立艺术纲领 … 107
五　中国传统艺术发展的局限性 … 109
六　内容与形式的辩证统一 … 110

第三节　创伤理论视角下萧乾短篇小说的儿童书写 … 113
一　创作之源：作家童年的创伤性经验 … 114
二　创伤症候：孤独漂泊、俄狄浦斯情结与异常认知 … 118
三　创伤的启示："救救孩子" … 123

第四节　蒙古族现代文学的现代性特征 … 127
一　启蒙 … 128
二　"人的文学" … 132

第五节　从诗词看贡桑诺尔布的现代教育思想 … 137
一　"民智最为难，眼界尤未宽"——教育救国、启智的思想 … 137

二　"八方稚子，遐迩来同"——有教无类的教育
　　　　思想 …………………………………………… 140
　　三　"古物兼新制，广列增智识"——兼收并蓄的
　　　　教育思想 ……………………………………… 143

第五章　世界文学个案研究 ………………………… 147
　第一节　弗吉尼亚·伍尔夫及其女性主义思想 ……… 149
　　一　弗吉尼亚·伍尔夫与《一间自己的房间》…… 150
　　二　弗吉尼亚·伍尔夫女性主义思想的体现 …… 161
　　三　弗吉尼亚·伍尔夫女性主义思想的影响 …… 167
　第二节　库切及其作品的边缘性 ……………………… 170
　　一　作家文化身份的边缘性 …………………… 170
　　二　作品人物的边缘性 ………………………… 174
　第三节　从《寂静的春天》看雷切尔·卡森的生态
　　　　　思想及其对美国文学影响 ………………… 180
　　一　生态思想 …………………………………… 181
　　二　卡森生态思想对美国文学的影响 ………… 184

参考文献 ………………………………………………… 190
后　记 ………………………………………………… 215

第一章 文学与生态

随着生态问题日益成为摆在全人类面前最为棘手的世界性难题，文学扮演了关注、批判、监督并尝试着提出解决策略的重要角色，生态文学应运而生，并在世界范围迅速发展。生态与文学相结合所产生的成果逐步改变了人类对待世界的态度，改变了社会现代化的模式，净化了人类的道德精神。本章主要以蒙古族史诗《江格尔》、鄂温克作家乌热尔图的《七叉犄角的公鹿》以及当代内蒙古儿童文学为例，探究生态文学的生物平等主义思想、敬畏生命的理念、非人类中心主义观点以及人与自然的关系等问题。

第一节 《江格尔》——蒙古族人民的"理想国"

蒙古族英雄史诗《江格尔》是以主人公名字命名的一部作品,其主要讲述阿鲁宝木巴地方以江格尔为首的12名英雄同芒奈汗、布和查干等进行抗争,收复了许多部落并建立起一个强盛国家的故事。《江格尔》形式上属于说唱艺术,其语言丰富优美,风格粗犷豪迈。这部史诗广泛地流传在我国新疆的卫拉特蒙古人和俄罗斯卡尔梅克蒙古人中间,此外在我国内蒙古鄂尔多斯、巴林、察哈尔等地区以及蒙古国也有一定的流传,是一部在中、蒙、俄三国境内流传的跨国史诗。马克思说过,古往今来,每个民族都在某些方面优于其他民族。千百年来,蒙古族人民创作过许多丰富多彩的英雄史诗,《江格尔》即是其中最高成就的代表,它已经越来越多地引起我国各民族群众和国内外学术界的广泛关注。在当今这个物质文明极度发达而精神追求普遍缺失的社会里,重读这部史诗便呈现出其应有的时代意义。

一　宝木巴——幸福的人间天堂

宝木巴，是《江格尔》中英雄们浴血奋战的地方，是他们心中永远的家乡。宝木巴位于现在的天山、阿尔泰山与额尔齐斯河之间，这里自然景色优美，俨然一个世外桃源。"江格尔的乐土，四季如春，没有炙人的酷暑，没有刺骨的严寒，清风飒飒吟唱，宝雨纷纷下降，百花烂漫，百草芬芳。江格尔的乐土，辽阔无比，快马奔驰五个月，跑不到它的边陲，圣主的五百万奴隶，在这里繁衍生息。"① "江格尔的宝木巴地方，是幸福的人间天堂。那里的人们永葆青春，永远像二十五岁的青年，不会衰老，不会死亡。"② 宝木巴，这是一个没有贫富之别，不分尊卑上下，五畜兴旺猎物丰盛的理想国。

从历史发展的角度看，《江格尔》形成的 15 世纪至 17 世纪整个蒙古族社会都处于封建割据状态，战争如同恶魔吞噬着蒙古人民的生命和财产，富饶的草原被烧毁，牛羊马群被驱赶，大量的牧民被屠杀，幸存者也都做了奴隶。老百姓对这种生活极其不满，他们向往安定的生活。

---

① 《江格尔》，色道尔吉译，人民文学出版社，1983，第 4 页。
② 《江格尔》，色道尔吉译，人民文学出版社，1983，第 4 页。

在这种社会背景下,江格尔奇(吟唱江格尔的民间艺人)借用他们传统的古老神话、传说和早期中小型史诗材料,虚构出符合时代精神的一个叫作宝木巴汗国的地方——这是蒙古人民心目中的天堂乐土,是神圣、正义、永生的象征。虚构反映出古代劳动牧民朴素的原始共产主义思想,尽管其带有历史局限性,但它的积极意义是主要的。恩格斯曾经指出,富有积极意义的生活理想能够使农民在艰苦的劳动之后得到快乐、振奋和慰藉,把他的贫瘠的田地变成富裕的花园;能够唤起手工业工人对生活的信念,把他那寒怆的楼顶小屋变成一个诗的世界和黄金的宫殿;而特别重要的是,这种美好的理想可以使劳动者认清自己的力量、自己的权力、自己的自由,激起他的勇气,唤起他对祖国的热爱[①]。《江格尔》中所描绘的宝木巴理想国,在千百年中成了破烂蒙古包里贫苦牧人和奴隶们的"希望之火",它燃起了草原牧民热爱草原、热爱故乡、热爱祖国的淳朴感情。

从生态文学的角度看,青翠芬芳的草滩,淙淙清澈的山泉,史诗在每一章里都有对宝木巴地区绿色生态环境的渲染。蒙古人民在这块宝地上与大自然和谐相处,人与人之间相亲

---

① 《德国的民间故事书》,载《马克思恩格斯论艺术》第4卷,曹葆华译,中国社会科学出版社,1982,第339页。

相爱，生活非常幸福。蒙古高原位于北半球的中纬度地区，其四面远离海洋，边缘山脉的阻挡使这里具有明显的大陆性气候特点——夏季降水量少，冬春季节大风频繁。严酷的自然生态环境使得蒙古人民选择遵循自然规律，他们不会因为个人利益或生活的便利而破坏环境。在这里，牧民用以取暖和炊事的燃料是牛羊粪和枯树枝，他们禁止砍伐树木，严禁在河水、湖水中洗涤污物和便溺，同时还特别注重对自然资源的循环利用。这些都体现了马背民族取之于自然、回归于自然的价值取向和大智大勇的生存哲学。在一首名为《十三区骏马》的民歌中有这样一段歌词：牧人爱宇宙，宇宙赐给我们以幸福；牧人保护宇宙，苍天交给我们的任务。史诗《江格尔》呈现了特殊的审美意识，散发着浓郁的生态气息，生活在宝木巴地区的早期蒙古人民对自然充满着感激之情。在工业文明引发生态危机的今天，重读这部史诗体现出不同的时代意义，蒙古草原文化以其内在的生命张力为拓展人类文明的发展路径提供了深刻启示。

二　江格尔——理想的英雄形象

江格尔汗是宝木巴汗国的领袖，他是理想的化身，也是宝木巴的灵魂。

"江格尔刚刚3岁，阿兰扎尔骏马也只有4岁，小英雄跨上神驹,冲破三大堡垒,征服了最凶恶的莽古斯(蒙古族英雄史诗中的反面形象,恶魔,巨魔)——高力金。江格尔刚刚4岁,冲破四大堡垒,使那黄魔杜立栋改邪归正。江格尔刚刚5岁,活捉了海踏地方的五个魔鬼,使他们不再作恶生非……江格尔刚刚6岁,冲破六大堡垒,打断千百只刀枪,降服了显赫的阿拉谭策吉……江格尔刚刚7岁,打败了东方的7个国家,英名传遍四方,威震天下。"[1]

蒙古语有句谚语说得好:好马在于马驹时期,好汉在于童年时代。江格尔在童年时代就有非凡的经历,3岁即建立了丰功伟业,显示出非凡的才干,得到广大民众的爱戴和拥护。从无依无靠的孤儿到成为宝木巴地区的首领,江格尔首先是靠他的勇敢,这是草原英雄首先应该具备的条件;其次是智慧;再次是他善于用人。江格尔凭借他的勇敢和智慧将许多各有所长的英雄笼络在自己麾下,甚至能把勇猛的敌人也团结过来并委以重任。

他有六千又十二名勇士,个个骁勇善战,智慧过人。洪古尔是宝木巴国的栋梁,江格尔对他这样说:"洪古尔,寒冷的时候,你是我御寒的皮外套啊!洪古尔,紧急的时候,你是我嘹亮的海螺!洪古尔,战斗的时候,你是我坚固的盔甲!洪古尔,奔驰的时候,你是我飞快的骏马!我要活捉的

---

[1] 《江格尔》,色道尔吉译,人民文学出版社,1983,第2页。

敌人，你给我手到擒来啊！我要降服的魔鬼，你给我马到征服啊！"① 阿拉谭策吉是智谋型英雄的象征，他是一位"能牢记过去九十九年的往事，能预知未来九十九年的凶吉"的智谋将领。勇士们在每一次远征前都要找阿拉谭策吉问卜，每一次问卜，阿拉谭策吉都能对将会遇到的困难做出精准预言，还会给出解除困难的策略。明彦是宝木巴汗国著名的美男子，能歌善舞，是可汗的颂其，常常是各汗国争夺的对象。敌国总是用"交出明彦"来威胁宝木巴国。《江格尔》这样描写明彦的美："年轻的妇人见了，身不由己的跟在他后头。未婚姑娘见了，一见倾心，跟随着他们走。老太婆见了，用烧火棍敲着地哭泣：'噢，这样美的男人，为何十五岁时没有相逢？'"②

　　每个民族都有自己独特的文化心理结构和艺术传统，并且无一例外地会在他们的审美活动中表现出来，这些传统世代相传，绵延不断。人类在原始社会曾经历过图腾崇拜、祖先崇拜、英雄崇拜等阶段，随着社会的发展，蒙古族人民对于图腾与祖先崇拜意识比较淡薄了，但对英雄崇拜的意识却普遍存在着，在特定的文化环境中，蒙古族形成了自己独特的英雄崇拜文化。受生产劳动方式和生活环境的影响，蒙古

---

① 《江格尔》，色道尔吉译，人民文学出版社，1983，第63页。
② 《江格尔》，色道尔吉译，人民文学出版社，1983，第160页。

族陶冶了自己独特的民族性格,即勇敢、刚毅、彪悍、豁达、浑厚与朴实。理想的英雄、雄浑瑰丽的事业、淋漓痛快的格斗、完满幸福的结局是他们的终极追求。海明威笔下的桑提亚哥是美国文学中的硬汉形象,而江格尔、洪古尔则是蒙古族人民心目中的硬汉。

三 阿盖——理想的女性美

《江格尔》中的人物是按照男才女貌的审美原则塑造出来的,勇士们的妻子都是美人。蒙古人的审美观念中最美的是日光和月光,他们以女人脸上的光彩表现她们的美丽和善良。对美女的理想和艺术的追求结合在同一人物身上,是《江格尔》的审美特征。江格尔的妻子阿盖是个仙女般的美女,又是个天才的艺术家。江格尔刚满20岁,奔向四方寻找美女,他拒绝了正统的四大可汗的女儿,却从远方聘娶了诺敏特古斯可汗的女儿阿盖。

史诗这样赞美阿盖的美丽、善良和才华:

"阿盖向左看,左颊辉映/照得左边的海水波光粼粼/海里的小鱼欢乐地跳跃/阿盖向右看,右颊辉映/照得右边的海水浪花争艳/海里的小鱼欢乐地跳跃/阿盖的脸,白皙如雪/阿盖的双颊,鲜红如血/阿盖的帽子,洁白美丽/巧手的'额吉'精心剪裁/众大臣的夫人亲手缝制/阿盖的长发/乌黑、芬芳、光泽/套着黑缎的'希泊日格勒'（发袋、发筒，女人保护头发用的装饰品）/随着她的脸左右摇摆/阿盖的银耳坠/大如驼粪，在耳下闪烁/阿盖的银胡/有九十一根琴弦/弹奏出十二支曲调/琴声悦耳悠扬/好似苇丛中生蛋的天鹅在欢唱/好似湖畔生蛋的绒鸭在欢唱/阿盖演奏银胡的时候，世间又有谁能伴着琴声歌唱？"①

对阿盖的描写反映了《江格尔》对蒙古英雄史诗传统的继承与发展。史诗以牧民的审美观点出发，将女人的美同她们欢乐的生活一起歌颂，表现了她们既美丽又充满生活情趣的特点。

史诗中的妇女们忠于自己的丈夫，表现出了坚决反抗掠夺者和奴役者的殉国精神，危难关头，她们为保卫家乡不惜牺牲自己的一切。史诗写到残暴的沙尔·古尔格汗率数万大军围攻宝木巴，江格尔和洪古尔的妻子挺身而出，全力以赴地支持和帮助他们抵抗敌人。江格尔的妻子阿盖奋不顾身，给受伤的洪古尔裹好剑伤，让他重新上战场杀敌；洪古尔的妻子更是不惜牺牲自己的生命，让前来相救的铁青马去帮助洪古尔抗敌。这种描写深刻反映出了忠于家乡且富有战斗传统的蒙古妇女的英勇顽强性格，表现出了蒙古妇女崇高的爱国英雄主义精神。《江格尔》对女性

---

① 《江格尔》，色道尔吉译，人民文学出版社，1983，第9页。

的美德和优秀性格的描写,反映了蒙古人对完美女性的愿望和理想。

此外,《江格尔》还描写了蒙古人民之间的真挚感情,这其中包括亲情、友情和爱情。史诗写到,洪古尔的父亲西克锡力克听说儿子要奔赴战场并且很有可能有去无回,"他猛然将怀中的酒坛推翻,慌忙来到江格尔的宝座前,老泪纵横地诉说心中的忧烦:'四海辽阔,我,西克锡力克,却只有洪古尔一个。穹宇无垠,大地广阔,洪古尔无兄无弟,孤单一个。洪古尔不是没有飞翔的双翼,他是我手中的弹丸!洪古尔是温暖我万年的太阳呵,他是滋润我心灵的甘泉……洪古尔不是牙齿不全的野猪,他是我的独生子呵!你怎能把他推向火海刀山,你怎能让他单骑奔向苦难?'……西克锡力克泪珠滚滚,语不成声,他扑向洪古尔,搂住儿子的脖颈,亲了又亲,紧紧搂在怀中"①。古代的蒙古民族战争激烈频繁,他们被迫远离家乡和亲人开赴异地作战,有的一生一世也不能重返故乡。这种痛苦的战争生活,使得他们异常渴望家室团圆。

在《江格尔》中,即使是没有血缘关系的人们彼此之间也是用纯真的感情维系。8岁的牧童那仁乌兰,无意中看到洪古尔被敌人活捉了,禁不住满心伤悲。当他把这个消息

---

① 《江格尔》,色道尔吉译,人民文学出版社,1983,第323页。

告诉母亲时,老人一听噩耗顿时泪珠涟涟。牧童飞驰了两个月终于找到了江格尔,但后者却因劳累过度晕了过去。等江格尔苏醒过来后,牧童的眼里涌出泪花:"梦寐以求的圣主,仁慈的可汗呵!顶天立地的洪古尔已被魔鬼捉拿。他被捆着四肢,套着铁索,拴在铁青马的长尾上,忍受着魔鬼的刑罚"①。在这里,老人和牧童对英雄的感情令我们无不为之感动。

《江格尔》写出了天人合一、万物和谐共生的画面,描绘出一个吸引人的理想世界,而这正是蒙古民族所追求的终极审美理想状态。"动物只生产自身,而人再生产整个自然界。"②《江格尔》所构建的宝木巴这一国度寄托了蒙古人民理想的境界,这一人化的自然界其实就是人类自身在生产整个自然的表现。早期的蒙古人民在宝木巴实现了现代人类社会的终极追求:理想的生存环境、崇高的英雄精神、德才兼备的女性和真挚纯洁的感情,这些更是生活在今天的人们所渴望但不可求的精神理想。《江格尔》保持了蒙古人的个体心灵与民族心态的敞亮,同时开启了我们对于现实的洞察和对未来的想象,因此,当下的人们重新回归史诗便有了更加浪漫而又现实的意义。

---

① 《江格尔》,色道尔吉译,人民文学出版社,1983,第344页。
② 《马克思恩格斯全集》(第42卷),人民出版社,1979,第97页。

第二节　乌热尔图小说集《七叉犄角的公鹿》的生态写作

21世纪的人类社会，一方面是科学技术快速发展，工业生产飞速进步，现代化程度急速推进，物质生活水平大大提高，城市繁华，人口膨胀；另一方面是生态遭到严重破坏，人类道德滑坡，精神生活贫乏，创造力枯竭，文学艺术走向衰败。这两种情景并行发展并向四周漫延，使得情感、道德、个性、精神等方面的危机成为这个"伟大"时代的重大不幸，并强烈地煎熬着人类敏感的心。生态危机逼迫着人类不得不重构人与自然的关系，许多人在大声疾呼："生病的地球，惟有对主流价值观进行逆转，对经济优先进行革命，才有可能最后恢复健康。在这个意义上，世界必须再次倒转"[①]。然而，人们一方面在努力改变现状，一方面不得不选择"逃

---

① 〔美〕卡洛琳·麦茜特：《自然之死——妇女、生态和科学革命》，吴国盛等译，吉林人民出版社，1999，第327页。

避"。在西方，卢梭率先打出了"远离社会，回归自然"的旗号；在我国，原生态的少数民族地区成为人们倾心向往的"诗意栖居地"，更是儿童极其渴望的欢乐谷。可是，这一片原生态的诗意栖居地又能保存多久呢？事实上，早在20世纪80年代乌热尔图就通过他的短篇小说集《七叉犄角的公鹿》表达了他对构筑儿童诗意栖居地的美好愿望以及对人类生存环境深深的担忧，特别是对儿童成长环境的担忧。

一 儿童与自然性灵相通

唯有儿童与自然是性灵相通的。"儿童与这个世界的关系是亲密的，儿童的生命与万事万物是互通互融的，相互开放的，直接交流的。"[1] 神奇、唯美和富有诗意的自然，是人类童年记忆中原生态的风景画，能够勾起作家的家园情结和想像。19世纪英国湖畔派诗人华兹华斯把文学的自然主义崇拜推向顶峰，"在他看来，只有乡村生活才最有利于人类的本性与基本感情；天真的孩子、襁褓中的婴儿由于没有受过'庄严思想'的熏染，更多地葆有'神圣的灵性'，因此要比成年人、尊长者更容易领悟宇宙间'不朽的信息'，更接近自然

---

[1] 刘晓东：《儿童精神哲学》，南京师范大学出版社，1999，第252页。

中'真实的生命'"①。

乌热尔图在短篇小说《小别日坎》中塑造的鄂温克男孩小别日坎,其容貌与大自然浑然一体,"他长着蓬松淡黄的头发,一双黑闪闪的像珍珠一样的眼睛,非常惹人喜爱,被太阳晒成淡红色的小脸蛋,说话时噘起的小嘴唇,露出一种天真的、似乎有点自信的神态。他穿着从城市买来的漂亮的外衣,只有脚上的鞋,是他母亲亲手缝制的鄂温克人的犴腿毛靴"。小别日坎是自然之子,他天真地向"我"解释他名字的意思,"别日坎就是小河呗!阿敏(父亲)说,小河流进大河,大河能流进大海。我叫小河,不用费劲,就能长成大人"。大自然给这个鄂温克男孩打造了一副健壮的体魄,他们能够忍受酷烈的季节、气候和风雨,能够忍受饥饿和疲劳。小别日坎就是一条小河,随波逐流,随遇而安,汇成大海就拥有了宽广的胸怀,从而显得大气十足。

自然界的细微变化都能被儿童第一时间感知,自然界的万事万物都被他们赋予灵魂,因为在儿童看来,自然界有生命、无生命的,都是神秘而充满生机活力的,更是有灵性的。如爱默生所说:"阳光仅能帮助成年人视物,却能深入孩童的眼睛和心灵。"② 在《越过克波河》中,蒙克老人教一个18

---

① 鲁枢元:《生态文艺学》,山西人民教育出版社,2000,第16页。
② 〔美〕拉尔夫·瓦尔多·爱默生:《论自然》,吴瑞楠译,中国对外翻译出版公司,2010,第4页。

岁的孩子波拉打猎,波拉对河边树林里的一切都充满好奇。"他把目光投向左岸,这里的景致格外漂亮。紧靠河岸的是片密匝匝的松林,松林一直延伸到山脚,山势缓缓升高,舒缓的山坡上长满浅绿色的嫩草,半山腰星散着露出灰褐色的岩石。波拉听老猎人说,布满山石,长满嫩草的山峰,才是公鹿最喜爱的地方。波拉觉得很愉快,心中萌动着甜滋滋的希望。"大自然的景色似乎随着波拉的心情波动而变化着,当他发现蒙克大叔抢了自己猎物的时候,"眼前的一切顿时变得灰暗,失去了光彩。波拉呆呆地站在山顶,他眼中的山岭、树林罩上了一层灰蒙蒙的雾气。蒙克大叔原来这样!别人嘴里的东西,他也想抠出来,填在自己的肚子里。这也算一个猎人!"率真的自然之子,会把喜怒哀乐毫无遮掩地写在他们的脸上,如同变幻莫测的天气一样。

在《鹿,我的小白鹿呵》中,两个鄂温克男孩岩桑和川鲁在苦苦寻找他们的好朋友驯鹿恰日卡的路上看到"河面上遮荫了树木的繁枝,阳光艰难地透过缝隙,投在水面上的点点光斑,像无数的碎金"。勉强露出脸的阳光预示着他们的寻鹿之旅注定异常艰难。在他们看来,自然界的万事万物都是有灵性的,树木、小鸟更是与他俩心灵相通,"那些从岸边探向河面灌木的枝叶,不时剐着脸、扯着衣服。各种喉音啼鸣的鸟藏在浓密的枝叶里,发出一阵阵不知是嘲笑,还是赞助的叫声"。当他俩战胜了黑棕熊,来到了埃雅山下,岩桑望着高高的太阳，但"太阳不知出了什么毛病，已经不像早晨那样鲜红了，一层烟雾锁在它的四周，形成了一个圆圆的银灰色的光圈，像一只美丽的项圈套在了上面。""'今天要起风了，明天还会有雨。'岩桑说。"太阳的变化完全是孩子心理变化的外在投射，驯鹿没找到，他们心里有失落感，但是努力的过程是美好而欣喜的，"看云识天气"更是每个自然之子都具备的生存本领。

二 逃离钢铁森林

乌热尔图本着儿童本位观，充分彰显了儿童与大自然的原生态依存关系，而充满喧嚣与骚动的城市对于生活在原生态环境中的"自然之子"来说是陌生的，甚至是可怕的。现代都市文明的副产品离间了城市与草原儿童的情感，正如卢梭所说，"城市是坑陷人类的深渊。经过几代人之后，人种就要消灭或退化；必须使人类得到更新，而能够更新人类的，往往是乡村。因此，把你们的孩子送到乡村去，可以说，他们在那里自然地就能够使自己得到更生的，并且可以恢复他们在人口过多的地方的污浊空气中失去的精力"[①]。

---

① 〔法〕卢梭：《爱弥儿论教育》（上卷），李平沤译，商务印书馆，1996，第43页。

城市的乌烟瘴气和孤独寂寞是畸形的，其对儿童是压抑的。城市中充满了喧嚣与骚动，被束缚和被规范了的生活常态令山林中淳朴的牧民手足无措。在城市，人的灵性离开了大自然，失去了自然的支撑和依托，心灵被金钱和物欲所牵制，因而变得孤独和绝望，几乎毫无快乐可言。从乌热尔图笔下的儿童身上，我们能够看到城市儿童身上所失去的光彩，能够看到自然人对都市文明的恐惧和抗拒，正如黑鹤在《驯鹿之国》中塑造的鄂温克老人所说："孩子，你没有看到城市里的人太累了吗？城市中的人心上都是皱纹啊"。

"山外人"与"山里人"的间离与陌生，是乌热尔图关注的一个问题，他在作品《琥珀色的篝火》中刻画了一个鄂温克猎人尼库。在繁华的小镇，喝醉酒的尼库躺在树荫下，一群城里的孩子朝他扔石头；他穿着渍满血污的猎装，走在热闹的大街上，许多人——包括儿童，都用异样的眼光看他，有的甚至直躲。"那种眼光他记得清清楚楚，好像他们在看一匹马，一头牛。"他走进招待所，女服务员捂着嘴接待他。"他想哭，找个没人的地方，放声哭一场；他又想笑，扯开自己的喉咙，大笑一通"，文明人的不文明举动，极大地伤害了这个心地善良、淳朴的山里人。卢梭在《爱弥儿》中说："出自造物主之手的东西，都是好的，而一到了人的手里，就全变坏了。他要强使一种土地滋生另一种土地上的东西,强使一种树木结出另一种树木的果实;他将气候、风雨、季节搞得混乱不清;他残害他的狗、他的马和他的奴仆;他扰乱一切,毁伤一切东西的本来面;他喜爱丑陋和奇形怪状的东西;他不愿意事物天然的那个样子,甚至对人也是如此。"① 山里人永远是善良的,即便是曾经受到过莫大的侮辱。当尼库发现有山外人在树林里迷了路时,他义无反顾地抛下病重的妻子和年幼的孩子去帮助那三个奄奄一息的山外人。山里儿童更是单纯的,心灵是澄澈的,在父亲尼库的善良举动影响下,儿子秋卡勇敢地承担起了照顾母亲的责任。生活是艰难的,但是父子俩发现远处的天"是那么蓝,那么干净。他觉得这块蓝天现在离他并不远,一点也不远"。

《小别日坎》中的小男孩小别日坎和他的家人为了躲避山外"文化大革命"的残害,离开山下的新房逃到了密林里,他情愿与自然为伴,与驯鹿为友。城市在小别日坎心目中是可怕的,他天真地告诉来访的记者:"山下太乱,会出事的"。记者赠送了小别日坎一枚毛主席胸章,可就是这枚胸章要了小别日坎的命。他的妈妈沉痛地告诉记者:"这孩子把像章戴在小鹿的脖子上了,污辱了领袖。"小别日坎把最心爱的礼物

---

① 〔法〕卢梭:《爱弥儿论教育》(上卷),李平沤译,商务印书馆,1996,第5页。

挂在了他最喜欢的朋友身上,就是这个没有任何恶意的举动,"他阿敏(爸爸)被抓下山,他也被人拉下山。那些人吓唬他,逼他……让他说出是谁让他干的。他说不出来……孩子吓坏了,回来就病倒了,还没来得及送下山去治……"因为一个无意之举,孩子没了,他的父亲也因此饱受棍棒之苦而瘫痪在床。"可爱的孩子呀!竟像秋叶一样没经得起这场风霜,这么凄惨地死去了。"特殊年代的病态和畸形害死了一条鲜活生命。

《鹿,我的小白鹿啊》中的男孩岩桑也饱受畸变了的城市之害,他的父亲因为被日本人抓去做苦工学会了日本话而被叫到山下参加学习班。"两月前他还把'学习班'想象成肃静的学堂,可是现在,听到的都是那里传来的各种吓人的消息。想到这,他非常难受,好像心被人攥紧了,眼前,出现了阿敏讲述的故事里的日本人的黑牢。""父亲"的灾难在远离牧区的城市轰轰烈烈地上演,令自然之子难以接受,致使"城市"在他们心中异化成面目狰狞的可怕形象。

三 敬畏生命

人类要想避免经济和生态上的灾难,就必须从内心深处敬畏生命。能够深切体会到生命的重要意义和生活的本质,是人格完善的重要体现。人类敬畏人的生命容易，敬畏动物的生命难，而只有对动物的生命表达出神圣的敬畏，才能够实现人与自然的和谐相处，保持生态界的平衡。儿童天生保持着对动物生命的敬畏之心，在自然中成长的儿童将动物看作自己的亲人，对待动物的生命就像对待自己及亲人的生命一样。《鹿，我的小白鹿啊》中的小白鹿恰日卡走丢了，两个孩子岩桑和川鲁冒着生命危险去寻找，虽然走了三天仍未找到，但是两个孩子寻找恰日卡的信念没有消失。"岩桑转身搂住川鲁的双肩，用坚定的目光望着他说：'川鲁，你不喜爱恰日卡吗？能让他离开我们吗？'他的眼睛湿润了，像早晨的露珠。'我们一定要找到恰日卡，一定！'他喊了起来。"对于孩子来说，失去恰日卡，就是失去了亲人，小说结尾处恰日卡虽然还没找到，但是两个孩子寻找亲人的信念没有减弱。我们坚信，凭着孩子们对动物生命的无限敬畏之情，恰日卡一定能够找到。

《七叉犄角的公鹿》中一个13岁的孩子在残暴继父的逼迫下冒着严寒出去打猎，他打伤了一头七叉犄角的公鹿，但当第二天再去寻找公鹿时，他发现被打伤的鹿正被一只狼追赶。"我的全身被这头危难中的受伤的鹿吸引了，使我忘记了自己，忘记了自己狩猎的'使命'。"孩子原本有机会捕获到公鹿给继父交差，可是他已然对公鹿产生了感情，所以再不忍心伤害它了。第二年春天，公鹿又出现在孩子的视线里，孩子激动万分,"啊,我的朋友,我的英雄,难道你是特地来和我会面的吗?我的心直跳,手在抖。我发过誓,绝不对它开枪,也绝不让任何人伤害它"。孩子与公鹿第三次见面时,公鹿被继父用皮索吊在了树上,孩子想方设法救了公鹿,胸口被公鹿踢出一个"狗嘴般翻裂的伤口",可他却说"但我不怪它,一点也不怪"。后来,就连残暴的继父特吉也被这个孩子的天真、善良和对生命的敬畏之心深深感动了,"伸出经常捶打我的两只大手,轻轻地捋了捋我的头发。然后,转过身去,蹲在我的面前,双手把我一托。我被背在他宽阔的脊背上"。

当下,儿童的成长环境险象环生,需要成人的引导与科学教育,而恰恰是成人丧失了敬畏生命的热忱,这正是当下生态作家们所深深忧虑的。近年来,大量的动物小说的出现,就是作家们对儿童生命教育的关注与呼吁,而乌热尔图更是本着生物平等主义的思想将动物与儿童的和谐关系写到极致。他在《棕色的熊》中写道:"他记住了熊崽儿脖子上那圈白毛,从心里喜欢它了。过了两天,他才有机会和它玩。他喂它吃的,领它往林子里跑。它跑的样子挺好笑,小腿弯着。一拐一拐的,跑快了就像圆球似地滚个儿。"生命是平等的,任何一种生命都是大自然的杰作,都有其存在的价值。动物中的大部分种类与人类拥有相同或相近的遗传密码,他们受一致的基本规律的支配,都是生命进化树上的一片叶子。

"1997年发表在美国《科学》杂志上的一项令人震惊的研究报道透露，仅仅在热带雨林，每小时就大约有1800个种群绝灭，每年就将绝灭1600万个种群，平均每个种大约有220个种群，这样，一年在热带雨林地区就大约绝灭5.3万种，而丧失的遗传多样性就不计其数。"[1]

失衡了的生态源自失衡了的心态。日益逼近的生态灾难，使人类面临的所谓"末日审判"并非只是一则宗教的神话故事。生态问题，同时也成了一个"终极关怀"的命题，而超出其他一切问题拥有的局部的、暂时的意义。中共十九大报告要求我们必须树立和践行绿水青山就是金山银山的理念，坚持节约资源和保护环境的基本国策，像对待生命一样对待生态环境。维护好儿童的成长环境，更是全人类必须认真思考并务必妥善解决的大问题，因为"喷着浓烟的工厂，吞吐着金钱的贸易，以其秽物污染大地，以其喧嚣震聋人间，以其重压疲惫世界，以其贪婪撕裂苍生，这种'以效率的铆钉铆合在一起、架在野心车轮上的社会是维持不长的'。只有那幼稚的孩童、清纯的处女、涧上的新月、枝头的黄鹂、温馨的爱、诚挚的诗才是永恒的天国的福音"[2]。

---

[1] 张文驹：《对生命的敬畏：新世纪的大话题》，内蒙古科学技术出版社，1999，第111页。

[2] 鲁枢元：《生态文艺学》，山西人民教育出版社，2000，第17页。

第三节 生态批评视域下的内蒙古儿童文学及其发展趋势

日本著名儿童文学理论家上笙一郎曾经给儿童文学下过如下定义:"所谓儿童文学,是以通过其作品的文学价值将儿童培育引导成为健全的社会一员为最终目的,是成年人适应儿童读者的发育阶段而创造的文学。"① 可是,承载着培养健全儿童的儿童文学却一直作为成人文学的缩小版游走在文学领域的边缘地带。关注并深入研究儿童文学,特别是少数民族儿童文学,有着重要价值和时代意义。

一 生态批评视域下的内蒙古儿童文学

新时期以来,人类逐渐开始反思人与自然的关系,儿童

---

① 〔日〕上笙一郎:《儿童文学引论》,郎樱、徐效民译,四川少年儿童出版社,1983,第3页。

文学进入了一个全新的发展时期,作家们从人与自然的整体利益关系出发,书写了大量贴近儿童、反映儿童与自然关系的作品,这是社会发展的需要,更是儿童成长的需要。内蒙古儿童文学的成就以地域性、民族性、生态性见长,其所塑造的儿童更加真实、更加具有自然开放性,而这些恰恰是儿童成长所急需而儿童文学又普遍缺失的。因而,从生态批评的视域探究内蒙古儿童文学的成就,体现了时代意义。

(一)非人类中心主义的理念有助于儿童与自然关系的重构

儿童是历史之子、社会之子,但首先是自然之子。儿童有生命的肉体组织的存在根源于自然、从属于自然、依赖于自然并服从自然的规律。人类的童年是最接近自然状态的人生阶段,卢梭指出,"人愈是接近他的自然状态,他的能力和欲望的差别就愈小,因此,他达到幸福的路程就没有那样遥远"。① 可是,随着工业化社会的飞速发展,"童年"的概念受到了挑战,信息化、城市化以及日益恶化的生态环境间离了儿童(特别是城里儿童)与自然的关系,儿童与自然渐行渐远。儿童缺失了对自然情感的丰富体验,就缺少了对美好的向往,对真理的追求。城里儿童所缺失的,在草原儿童的生存环境及生活体验中能够得到一定程度的弥补。内蒙古儿

---

① 〔法〕卢梭:《爱弥儿》,李平沤译,商务印书馆,1983,第75页。

童文学作家本着非人类中心主义的理念所塑造的草原儿童形象身上都深深地烙上了大自然的印记,他们所营造的草原儿童生活的场景,就是他们童年时期生活的写照。蒙古族青年作家照日格图是牧民之子,他虽然生活在钢筋混凝土中,却依然怀念着家乡的草原、山水及人与事所渗透出的情与趣。他的散文《对话一条河》将河流与亲人合二为一,在他的童年印象中,冬天结了冰的河流"像一个威严的父亲","河水的冰凉让我想起母亲冬天挤完牛奶进屋来抚摸我的情形"。大自然在草原儿童心目中是被赋予灵性和情感的,蒙古族儿童文学作家格日勒其木格·黑鹤曾说:"草地,是我内心中最温暖的一部分。很多年了,只要有时间,我就会进入草地,我很庆幸,自己还有机会经历游牧文化最后的古代"[1]。鄂温克作家乌热尔图在短篇小说《林中遇险》中有一段对森林的描述:"小朋友,大森林里要比咱们想象的美得多!你看呐,那一棵棵粗壮的大松树,昂首挺立,肩并着肩,手拉手,有高压电线杆那么高;浓密的树叶交叉在一起,像是一把巨大的绿伞。太阳光要想照进来,还得费挺大的劲儿呢!偶尔从枝叶稀一点的地方透进来一点亮光,也是斑斑点点的,就跟从楼房里的天窗上漏下的光线差不多!"[2]

---

[1] 李雅宁:《黑鹤:我还是那个草原长大的孩子》,《文艺报》2011年7月18日,第5版。

[2] 乌热尔图:《森林骄子》,内蒙古人民出版社,1981,第7页。

儿童的成长依赖于遗传基因、自然环境和文化环境，儿童原本有着比成人更大的创造力和想象力，更具有艺术的本真气质。但是，随着儿童的成长，与生俱来的创造力和想象力逐渐地消失了，这不得不引起成人的重视。

（二）敬畏生命的理念有助于提升儿童的生命体验

人类的生命意识，是建立在对于生命存在与生命价值的认可的基础上的。"从生命崇拜到重视感性生命，进而上升到珍爱生命的理性自觉，这便是生命意识发展的轨迹。"① 从生态伦理的角度来看，一切生命包括人和动物都是生命现象的表现形式。人类的生命观包含着伦理、道德和责任，这就避免了人类对其他物种及同种的无情杀戮和麻木不仁的毁灭。可现实生活并不尽然，人类对各类物种生命的践踏与冷漠，随处可见。内蒙古的儿童文学作家们本着生物平等主义的理念，重新思考动物在自然界的生存境遇和食物链的完整性，从现代文明的角度对人类的残忍行为进行了反思，大量动物小说便应运而生。

蒙古族作家格日勒其木格·黑鹤的《黄昏夜鹰》《雪地群鸟》《血驹》《从狼谷来》《雌野兔》，许廷旺的《野狼》《雄豹》《苍鹰》《黄羊》《怒雪苍狼》，冯苓植的《天狼》等

---

① 徐恒醇：《生态美学》，陕西人民教育出版社，2000，第14~15页。

动物小说的成就非常显著,其影响力辐射到世界许多国家。黑鹤本着生态整体观营造出了人与动物共生的理想世界,他笔下塑造的鄂温克人特别是鄂温克儿童比城里的儿童更加懂得生态平衡的重要性。《驯鹿之国》中的鄂温克人芭拉杰依说:"羊食草,狼食羊,狼化作尘土,滋养青草,万物生生轮回,生生不息啊。"[1]《姐姐的鹤》中塑造的"姐姐"为保护丹顶鹤献出了宝贵的生命,"小鹤"为完成姐姐的遗愿,继续承担起了照顾鹤的重任。姐弟俩对鹤的感情已经升华为对动物生命的崇敬。《额尔古纳河的母狼》中的"我"顶着危险救活了被捕猎卡卡住的狼,并且获得了狼的信任。在黑鹤的小说中,人对狼、对马、对驯鹿、对羊的感情令人动容,鄂温克少年儿童对动物生命的感知已然从简单的崇敬升华为珍爱生命的理性自觉。黑鹤在努力构建人与动物理想关系的同时,对因人类非法狩猎而对动物造成的巨大伤害进行了赤裸裸的揭露。《老班兄弟》中写到公狼为了给母狼和小狼寻找食物不得不穿越高速公路而惨死在车轮下,人类漠视动物生命的行为给动物造成的切齿之痛,我们不得不进行深刻的反思。内蒙古儿童文学作品中的草原儿女因敬重动物生命而得到人们的敬重,作家们动物书写的道德情怀勾起了人类的道德反思。

近年来,少年儿童伤人、伤己、伤害动物的事件时有发

---

[1] 黑鹤:《驯鹿之国》,中国少年儿童出版社,2016,第128页。

生，儿童对死亡缺少畏惧，甚至无动于衷，其根本原因是儿童没有树立起科学的生命观，没有形成正确的生命意识，更谈不上对生命的敬畏心理。实际上，纯真、朴实的儿童身上蕴含着生命无限发展的丰富性和可能性，他们本身就是自然生命的象征，因此，借助儿童生态文学加强儿童的生命敬畏观，强化他们对于生命价值的正确理解，对于他们的健康发展、社会生态伦理意识的生成和完善会起到重要的提升作用。

（三）"求同存异"意识有助于树立儿童的民族观

中华民族是一个自觉的民族实体，费孝通在《中华民族多元一体格局》一书中对中华民族多元一体格局的特点做了高度概括："距今 3000 年前，在黄河中游出现了一个由若干民族集团汇集和逐步融合的核心，被称为华夏，像滚雪球一般地越滚越大，把周围的异族吸收进入了这个核心。它在拥有黄河和长江中下游的东亚平原之后，被其他民族称为汉族。汉族不断吸收其他民族的成分而日益壮大，而且渗入其他民族的聚居区，构成起着凝聚和联系作用的网络，奠定了以这个疆域内许多民族联合成的不可分割的统一体的基础，称为一个自在的民族实体，经过民族自觉而称为中华民族"[①]。

---

① 费孝通：《中华民族多元一体格局》，中央民族大学出版社，1999，第 36 页。

蒙汉民族关系是内蒙古作家们非常关注的一个问题。长期在蒙汉杂居区任教的蒙古族作家韩静慧就格外关注蒙汉少年儿童的心理状态，她的《罗比这样长大》系列丛书就反映了蒙汉族儿童相处的复杂现状。随着罗比的成长，小说的场景从城市进入草原，蒙汉儿童的交往融合以及民族文化差异造成的观念冲突体现出了"问题小说"的特点。作者客观地塑造了一系列从草原牧区走向城市的儿童形象，他们的矛盾心理、坎坷人生、文化冲突、民族融合的复杂性等问题提醒我们要意识到对生活在同一片蓝天下的不同民族儿童的教育和引导的重要性和敏感度。《种瓜得豆》中的乌力吉、《神秘女生》系列小说中的米来、《M4青春事》中的卓子，以及蒙古族作家力格登蒙文长篇小说《馒头巴特尔历险记》（蒙古族策·布仁巴雅尔译）中的巴特尔，他们都生活在草原文化和城市文化交融、碰撞、冲突的复杂地带，这些儿童就像一个个"闯入者"，被城市儿童抗拒、鄙夷、蔑视。这些小说以儿童的本真心理反映出了民族文化在交流融合的过程中遇到的阻力，作家们本着"求同存异"的民族观为蒙汉杂居的儿童们进行了引导，草原儿童的真诚、宽容、阳光、坦率得到了养尊处优、高傲甚至飞扬跋扈的城里儿童的接纳、理解和尊重，作品体现出了浓郁的儿童情趣和民族情趣。

从教育学与心理学的角度看，不同家庭出身和民族身份的同伴形成的友谊是儿童安全感的重要来源之一。随着年龄的增长，儿童与同伴接触的时间和频率逐渐增加，与成人的接触逐渐减少，因此，同伴间的相处对他们的健康成长就显得尤为重要。在蒙汉民族文化交融、碰撞的大环境中，不同民族身份的儿童之间自然也会产生矛盾冲突，儿童文学某种程度上起着引导与教育的作用。实际上，儿童要比成人更能意识到友谊的重要性，他们能够很容易地体会到友谊带来的快乐，认识到友谊是值得保护的、积极的人际关系。内蒙古儿童文学作品能够让儿童意识到任何一个民族都是中华民族大家庭中的重要成员，这对培养他们中华民族多元一体格局的理念至关重要。

二　新媒体环境下内蒙古儿童文学的发展趋势

儿童是一个特殊的读者群体，尚未形成完整的知识框架及完善的思想体系，因而会受到来自外部环境较大的影响。不可否认，在新媒体环境下儿童文学获得了更多的传播渠道，这促进了当代儿童文学的长足发展，使儿童更深刻地感受到源于文字的自由与快乐，内蒙古儿童文学也不例外。在多姿多彩的新媒体时代，网络化已然对传统儿童文学造成极大冲击，同时也为儿童文学创作提供了无限的源泉与动力。因而，如何既保持内蒙古儿童文学的民族性与生态性，又不失与现代社会的紧密联系，是摆在儿童文学作家们面前的一个难题。

事实上，不论是少数民族文学，还是汉民族文学，显然已被新媒体环境重重包围，将新媒体因素广泛吸纳到传统文学的创作中，不仅可促进内蒙古儿童文学市场的发展，而且还是内蒙古儿童文学新时代的重要文化选择。

如今，新媒体已经成为文学变革的重要力量，其对儿童文学的影响不容忽视。在新媒体环境下儿童文学发生了明显转变，主要表现为：其一，儿童文学内容的转变。伴随儿童与新媒体环境的日益紧密，儿童文学作家在创作时越来越重视描绘新媒体环境下儿童的生存情况，以及网络、影视等新媒体与儿童生活相融的景象。在新媒体环境下，大量儿童文学作品在环境、故事情节等方面实现了与影视文化内容的有效相融。比如张之路在创作儿童文学作品时便很好地融入了影视文化方面的内容，由其创作的《有老鼠牌铅笔吗》，故事情节便是紧扣主人公误打误撞进入电视剧组，并围绕参与电视剧拍摄的一系列事件而展开的。伴随新媒体的迅猛发展，儿童已然成为网民群体中不可或缺的一部分，关注及描绘当代的网络社会便成为儿童文学的一项重要内容。与此同时，新媒体的负面效应也不断显现，面对少年儿童所受外来不良文化思想的侵袭，众多儿童文学作品也予以了极大关注。这一系列题材均使儿童文学内容得到极大丰富，使当代儿童文学不断向健康积极的方向发展。某种意义上而言，新媒体的形成发展为当代儿童文学赋予了强烈的时代气息。其二，儿童文学结构的转变。倘若说在传统纸媒环境下儿童文学主要运用的是线性、固化的叙述结构，那么新媒体环境下的儿童文学则运用的是一种交互式的网状叙述结构。依托该种交互式的网状结构，使得儿童文学呈现出多元化、开放性的特征，儿童读者可依据自身的阅读偏好、知识视野，选择各式各样的文学作品。伴随新媒体的迅猛发展，尤其是网络技术的不断进步，儿童文学作品中交互式网状结构的引入消除了传统线性叙述结构的局限性，大量开放的节点使故事情节设置获得了更多的可能性，进而使儿童文学作品变得更为多样丰富。其三，儿童文学语言的转变。新媒体环境下，儿童文学语言也发生了极大转变，语言的图像化、狂欢化便是新媒体环境下儿童文学表现出的一项新特征。文学创作中运用图像化的语言表现出诸多的优势。首先，图像化语言强调文字与图像的同步对应，由此可消除文学作品的纵深性，使读者阅读起来变得更为轻松；其次，极易将运用图像化语言创作的文学作品改编成影视剧作，使儿童接受文学作品的途径得到极大拓宽。狂欢化的语言，指的是各式各样生活化语言与网络语言相互融合，各式各样赞美与戏谑、玩笑与谩骂的语言相互融合，此类语言通常表现出高度的张力。

　　面对整个中国儿童文学在新媒体环境下的明显转型，内蒙古儿童文学的从业者必须创新思想观念，不断开拓创新，学习借鉴国内外儿童文学发展的成功经验。首先，应当充分认识到儿童文学在帮助儿童树立正确价值观念方面起着至关重要的作用，且是儿童成长过程中必不可少的一部分。因此，内蒙古儿童文学须在充分彰显民族特色的同时要体现出强烈的时代精神和审美精神，这样才能保证内蒙古儿童文学的健康稳定发展。其次，作家们在进行创作过程中要明确儿童文学创作分级标准，比如哪些属于幼儿文学，哪些属于童年文学，哪些属于成人文学。伴随着新媒体的飞速发展，儿童读者群体不断扩大，且儿童文学年龄结构越来越模糊，为确保儿童读者依托文学阅读树立正确的价值观念，应当推进建立科学完备的儿童文学创作分级标准，如此进一步满足儿童对文学阅读的需求，甚至可满足成人对儿童文学的喜爱，在一定程度上激发成年读者的阅读兴趣。第三，加大对内蒙古儿童网络文学的保护力度。近年来，我国著作权被侵犯的现象屡见不鲜，由此很大程度上削弱了广大儿童文学创作者的创作积极性。就内蒙古儿童网络文学来说，内蒙古相关部门应当加强对网络虚拟性的深入分析，通过对网络侵权行为的分析，对侵权证据的采集，开展好维权工作，方可为广大儿童文学创作者提供更为和谐的创作平台。第四，对内蒙古儿童文学语言予以科学规范。新媒体环境下，网络语言已然转变成语言体系中十分重要的组成部分，然而由于儿童尚处在快速成长阶段，倘若广泛应用网络语言，不仅难以确保儿童文学作品的规范性，甚至可能会对儿童身心发展存在一定的不利影响。因而在新媒体环境下应当加强对网络语言的有效规范，健全儿童文学语言标准体系，防止网络词汇肆意进入到儿童文学界限内。

当代内蒙古儿童文学以其生态性和民族性吸引了众多读者的眼球，面对新媒体无孔不入的渗透，传统文学必须适时调整发展模式，努力做到既保持民族传统文化，又能与其他民族乃至国际接轨，只有这样，民族的最终才能成为世界的。

第二章 文学与影视

文学是影视艺术的主要来源，影视艺术形式又为文学作品从小众走向大众提供了很好的平台。从中国的四大名著到世界文学中的莎士比亚戏剧、托尔斯泰的小说，对于相当部分的受众来说，主要是靠影视艺术最先得到文学常识的普及。较之于文学作品，大众化的影视艺术作品更好地承担起了"文以载道"的使命，对于遏制道德滑坡、关注弱势群体、丑恶人性批判、扬善弃恶等社会需求，影视艺术有时候比文学作品所起的作用更为立竿见影。影视与文学相互取长补短，二者的结合将粗浅的陶冶情操升华为对生命、情感、社会和责任的深沉思考。本章选取了两部影视作品——中国电影《绿草地》和黎巴嫩电影《何以为家》，探讨作为弱势人群的儿童所具有的超越成人的智慧与所承受的来自成人的精神创伤。

第一节　电影《绿草地》中草原儿童的生态预警与智慧

由宁浩执导的电影《绿草地》于 2005 年 2 月 15 日在德国第 55 届柏林国际电影节首映。影片的拍摄过程异常艰难，用来投资拍片的 40 万是东拼西凑的，拍摄地点选在远离现代文明"似乎延伸到了天的尽头"的内蒙古草原腹地，工作人员常常"举着木棍站在山顶找信号"，还遭遇了几次车祸。正如宁浩在《朗读者》节目中所谈到的，这是他"回忆中记得最清楚的影片"，没有《绿草地》就没有《疯狂的石头》。影片虽然获得过莫斯科儿童和青少年国际电影节"金天鹅"奖、上海国际电影节最受大学生欢迎影片奖、釜山国际电影节 CJ 娱乐公司选定大奖、第 11 届中国电影优秀数字电影技术奖等奖项，但是，其并未引起广泛的社会关注，更没有赢得足够的票房。

影片不被广大观众所熟悉，更少有对影片的学术研究，究其原因，不只是文艺片的轰动效应难以胜过商业片，更主要的是影片所呈现的理念是非主流的。在充满喧哗与骚动的现代都市，罕再有人去关心边缘化群体的日常生活，但该片导演却通过影片表达了对原生态环境中生存群体的哲性思考。影片中，毕力格、达瓦和二锅头原本只有"蒙古包""小羊羔""草原"所构成的原生态生活被一个顺水漂流而来代表现代文明的乒乓球所打乱，从此三个儿童开始了对"乒乓球"的认知、追源与上交的精神历程。在毕力格他们眼中，乒乓球由"鹅蛋"最终成为国家所属物的"国球"的认知转换，一方面代表的是稚嫩的童心的单纯与可贵，另一方面也表达了草原儿女不仅有对民族的心理认同，更有对家国的想象认同。影片所呈现的，恰恰是现代社会不为人所关注的原生态因素，比如草原儿童粗放、简单的原生态生活、淳朴的情感世界、单纯的家国意识、现代元素与传统文化的冲突、草原儿童的成长教育及多元文化价值走向，等等。导演深刻的生态理念以及对原生态地区社会问题的深入思考，影片所蕴含的厚重的现实主义精神与艺术气质，都彰显出巨大的社会价值与时代意义。特别是影片原生态儿童的叙事视角，不仅充分彰显了导演的人道关怀，同时也给予成人世界以深刻的启示。

一　"复魅"的警示

工业文明中的人类往往把信仰神灵的时代称为"蒙昧"

或者"野蛮"时代,把神话故事阐释为人与自然对立、人定胜天的哲学模式,比如"精卫填海""女娲补天"等故事就过于强调了人与自然对立的一面,而忽视了二者相依相存的一面。事实上,对于原初民来说,神灵就是无限亲近自然的人,他们"大泽焚而不能热,河汉冻而不能寒,疾雷破山、飘风振海而不能惊"①,因为神灵与河、海、山原本就是一体的,人类对神灵"魅"的笃信,就是对大自然的膜拜与敬畏。然而,飞速发展的现代工业革命和科学技术一扫远古时期的"愚昧与迷信",人类的原始思维升华为理性思维。人类的祛魅行为确实使生活发生了前所未有的变化——认知范围更加广泛而多元、生活更加丰富而便捷,但是"世界的祛魅"步伐太快,走得太远,使人类的理性丧失了原初的本质而沦为技术统治的奴婢。与之相随的是,人与自然的关系由"天人合一"一跃而为"二元对立",其结果便是人类过度开发而致社会生态失衡,最终导致精神生态失衡。人类的祛魅行为同时也祛除了长久盘踞在人性深处的信仰与敬畏之心,儿童也丧失了对天地神灵的想象空间,他们看到月亮,已然不会想到嫦娥、玉兔,而是产生有朝一日能够登上月球的激动与期待。"'祛魅'早已经越出了艺术领域面扩展进现代社会生活的一切方面,现代人变得越来越

---

① 郭庆藩:《庄子集注》第一册,中华书局,1982,第96页。

缺乏想象、越来越工于算计，越来越机灵、聪明，也越来越不讲操守、不讲信誉"①，这是人类长期肆无忌惮地破坏生态的思想根源。

原始神话的思维脉动往往与自然节律保持着内在的一致性。蒙古族儿童膜拜、敬畏神灵的行为与理念就是蒙古民族神性文化的一种稚嫩的诠释，也是对人类肆无忌惮行为的重要警示，是对人类日益滑坡、失衡了的生态精神的良好修复。仍保留着原始思维的草原儿童是自然之子，在他们看来，神就是能与天地自然无限亲近的人，对神灵的敬畏就是对自然的敬畏。在电影《绿草地》中，毕力格、达瓦、二锅头三个儿童对乒乓球的认知过程渗透了对神灵的信仰和依赖，虽然喇嘛不可能明确告诉他们乒乓球为何物，但他们求助的行为，体现的是原始思维对神祇的敬仰。他们将喇嘛视为神灵的代言人，认为喇嘛的上面就是神灵，因而对小喇嘛每天干什么充满好奇，也就认定喇嘛最明白这个白色小球到底是什么。当大喇嘛告诉他们只要心诚神就会显灵，于是他们便怀揣乒乓球虔诚地祭祀了敖包。在敖包面前，毕力格神情严肃，陷入了深深的思考中。奶奶也以同喇嘛一样的认知思维告诉毕力格这个"夜明珠"是神灵的产物，捡到它会有好运气，这更加坚定了毕力格他们对神灵乃至大自然这个庞大而神秘生

---

① 鲁枢元：《生态文艺学》，山西人民教育出版社，2000，第81页。

态系统的敬仰。因而，草原上下雨，在毕力格他们看来当然就是"夜明珠"（乒乓球）显灵了。当毕力格、达瓦和二锅头终于明白乒乓球是国球因而属于国家之后，他们将对神灵的虔诚之心就转化为对国家的稚嫩的认同心理，历经艰辛也要把国球还给"北京"。

捷克教育思想家夸美纽斯认为儿童与生俱来就拥有"知识、道德和虔诚的种子"，儿童理应成为英国诗人华兹华斯所说的"成人之父"。电影中毕力格、达瓦和二锅头对神灵的虔诚行径以及对大自然所产生的敬畏心理，是草原儿童原始思维对成年人肆无忌惮破坏生态行为的深刻警示。草原儿童以他们的生态智慧给处于文化核心地带的"文明人"当头一棒，他们的"复魅"行为以微弱的力量对人类失衡了的生态精神进行了修复。"'世界的复魅'是一个完全不同的要求，它并不是在号召把世界重新神秘化。事实上，它要求打破人与自然之间的人为界限，使人们认识到，两者都是通过时间之箭而构筑起来的单一宇宙的一部分。'世界的复魅'意在更进一步地解放人的思想。"[1]

影片中，几个蒙古族儿童的复魅行径也表达了导演对蒙古民族神性文化的哲性思考。虽然中国传统文化在某一特定

---

[1] 〔美〕J. 华勒斯坦：《开放社会科学》，刘锋译，三联书店，1997，第81页。

阶段受佛道文化的影响，呈现出一定的神性文化的因子，但纵观中国文化的发展脉络，则历来是摒弃"怪力乱神之说"的。事实上，对神的膜拜是人类社会的一种普遍性的文化现象，是原初民根植于本土民族文化心理基础之上审美理想的外在体现。蒙古民族在认识世界过程中所产生的神性体验已作为一种"集体无意识"融入到蒙古族人民的心理结构之中，它们成为民族传统文化发展的内在驱动力，奠定了神性艺术作品的心理基础，所以观众在欣赏过程中不仅不会感到荒诞不可信，反而能够激起其欣赏兴趣和审美快感。影片既保留了儿童膜拜神灵的实用性和功能性，也呈现了审美性，"万变不离其宗，神秘文化始终是文学艺术的土壤"①。影片对蒙古民族神性文化的呈现，也引发了观众对蒙古民族文化心理的思索与探究冲动，因为少数民族神性文化所体现出的寓言性和神秘性，恰恰是对汉民族文化的一个有益补充。

二 家园的回归与守望

人类的"怀乡"情结如同"羁鸟恋旧林，池鱼思故渊"，是与生俱来并根深蒂固的，在某种程度上是遗传基因所决定的。《绿草地》通过毕力格、达瓦和二锅头传递了导演对诗意

---

① 唐善纯：《中国的神秘文化》，河海大学出版社，1992，第255页。

栖居地的家园想象,对于草原儿童来说,家园就是由天空、大地、动物、植物所构成的原生态的自然环境。导演宁浩在影片中为草原儿童勾勒出一幅理想家园的想象空间:蓝天、白羊、绿草、蒙古包、蜿蜒的河流和清新的空气,在这样原生态的自然环境中毕力格、达瓦、二锅头他们随意翻滚,伙伴们之间随意谩骂、打斗,黑黢黢的小脸张扬着草原儿童的"野性美"。"野性"的外表遮盖下的是天真、淳朴的心灵,他们疾恶如仇。毕力格用稚嫩的声音向草原警察打小报告:"警察叔叔,他是个流氓,你们多关他几天。"他们对向他们挑衅的小朋友报以"多管闲事多吃屁"的辱骂,对在草原上行骗的斯日古楞拳打脚踢。他们的生存法则是对"人法地,地法天,天法道,道法自然"哲学理念最好的实践证明——在理想的家园空间,他们与生俱来地拥有一种亲自然性与亲生命性,天生就保存着与鸟儿对话,与群山、田野、万物交流的能力,他们在自己的家园怀抱中如鱼得水。著名生物学家、社会生物学的创始人威尔逊(Edward O. Wilson,1929 –)曾经说过,儿童"最好能先当一个野人"。华兹华斯给这里的"野人"做了脚注:"不那么聪明,不太有学问,不太乖;但任性而动、生气勃勃……"在草原的生态系统中,他们是真正的儿童。

  但是,美好的家园想象终究是一场乌托邦式的幻想。随着人类文明程度的快速发展,科学技术的日新月异,草原儿童的原生态生活模式逐渐遭到"极端自私、贪得无厌的闯入者"的侵蚀和破坏，理想的家园很快就被来自工业文明的毒液所浸透，儿童终有一天也会与他的家园渐行渐远。剃须刀、咖啡、时尚杂志、口红、啤酒、摩托车、汽车、电视机等现代元素刺激着草原人民的神经，毕力格的父亲对咖啡充满好奇，他姐姐对歌舞团无比痴迷，这些都预示着大众文化对草原传统文化的浸润与解构。影片开始，毕力格以抱着小羊与天安门的布景拍照出场方式就预示着他终归会离开原生态的家园，走向象征着都市文明的北京。影片结尾，7岁的毕力格最终走出了草原，跟随姐姐到城里读书。现代元素解构了草原的社会生态系统，同时也毁灭了草原人民的精神生态。卢梭认为，人类文化中任何崇高的理想都必须遵从天性，否则就是骗人的、害人的，就会使人处于异化状态。"出自造物主的东西，都是好的，而一到了人的手里，就全变坏了。"[1]理想的家园成为艺术家（导演）不在场、被记忆虚拟、被幻化的心灵境域。但是，现代社会的直线发展并未完全中断艺术家的返乡之路，草原人民对现代元素表达出激烈的情绪反应：达瓦父亲不停地摆弄天线，并反复拍打电视机也不出图像；毕力格奶奶对"砖式毡包"敬而远之；

---

[1] 〔法〕卢梭：《爱弥儿论教育》（上卷），李平沤译，商务印书馆，1996，第5页。

商贩的汽车陷入了泥坑中；二锅头的摩托车赶不上毕力格和达瓦的马；毕力格对眼花缭乱的高楼大厦疑惑而惶恐，对流氓商贩提出"多关他几天"的恳求……草原儿童和他们的家人对现代元素的抵触情绪也是对理想家园的守护与无限怀想。影片对闯入草原生态系统中的现代元素赋予了反讽意味，这是影片的精妙所在。

当然，艺术家的家园想象并不意味着倒退，而是希冀从人类的根源处萌发出新的世界。导演宁浩以儿童对家园的背离提出人类不得不面临的深刻反省：草原儿童终究要走向现代大都市，表面看来儿童与家园和谐共处的有机体被现代文明所撕裂，但实际上，对家园的想象恰恰是在纠正人类在自然界的错位。民族的传统文化与现代文明的对接并不是非此即彼的消长关系，飞速发展的现代文明对原生态文明的浸润是不可避免的发展趋势；探讨传统与现代的矛盾冲突，就是为了纠正认识的狭隘与偏见。背负着传统文化的草原儿女，在走向现代化的过程中不会消解刻在骨子里的民族元素，他们只会拓展民族文化的发展空间，因为民族的也只有走向世界才会更有生命力。当然，对于一个个体来说，这个过程充满荆棘，毕力格面对纷繁复杂的世界既有新奇又有疑惑和惶恐，这个背负着现代文明烙印的年轻人，究竟该如何实现他的家园想象？这，其实也是摆在人类面前的一个难题。

三　去成人化的生态教育诉求

　　《绿草地》以儿童视角来叙述毕力格、达瓦、二锅头与国球之间的故事，同时潜在地搭建了儿童与成人之间对立的两极结构，展露出儿童诗意的人生观与价值观在成人纷繁杂芜的世界中遭遇到冷落与漠视。草原儿童是历史之子、自然之子，他们更是社会之子，因此其社会化是必然的和无法避免的。但社会化过程总是不理想的，所以他们在获得大自然的哺育的同时也会遭到来自成人的污染。在原生态的草原世界，成人对儿童的教育方式简单而粗暴，对儿童身体上的暴力与精神上的漠视是他们的教育理念。电影中的三个儿童偷吃了贡品，他们认为遭到的报应一定是"遭一顿打"；去北京归还国球晚上不回去，他们预测"我妈会打死我的"，"我妈也会打死我的"，果然，他们不仅都被毒打一顿，国球也被大人踩扁了；毕力格的姐姐去城里的乌兰牧骑上学，母亲对老师的教育方式心存疑虑，发出"不打怕不行吧"的质疑。作为儿童成长的参照对象，在封闭的草原上生活的母亲们当然不具备认识儿童、教育儿童的现代意识，她们对儿童爱的教育不是体现为道德感化、赏识与引导，而是彻底的否定。粗暴的草原成人文化对儿童文化有哺育但更有污染，致使草原儿童文化充满困惑与迷茫，达瓦被母亲暴打时毕力格木然的眼神就是明证。

如果说暴力惩戒是成人对儿童个性发展的阻碍的话,那么,成人对儿童精神上的漠视乃至蔑视则是他们对儿童理想世界的彻底摧毁。毕力格与达瓦因保护国球发生矛盾感情破裂之后,双方的父亲出面将国球一分为二。他们肤浅地认为毕力格与达瓦的矛盾的根源是对国球的争夺,用刀一分为二是再公平不过的选择,他们没有意识到貌似公平的粗暴行为是对儿童乌托邦信念的无情粉碎与践踏。毕力格并不认同这一行为绝望地起身离开。父亲未征求毕力格的意见就武断地给他换了一匹马,这令毕力格无比懊恼——他熟悉的马被换掉了,就像他离开亲人一样哀伤。他们虔诚地将国球上交给了国家的人(警察),而警察并不理解孩子们的心理与情感需求。具有讽刺意义的是,警察对国球的拒绝被毕力格他们误解为国家将国球作为礼物送给了他们,警察的轻蔑换来的是天真的孩子们的满心欢喜。作为父母,他们完全不会意识到"儿童是人类的创造者","儿童被赋予各种未知的能力,这些能力能够引导我们走向一个光辉灿烂的未来。如果我们确实渴望一个新世界,那么教育就必须把发展这些潜在的可能性作为它的目标"[①]。成人赋予下一代以生命,理应承担起养

---

① 〔意〕玛丽亚·蒙台梭利:《吸收性心智》,蒙台梭利教育研究组编译,兰州大学出版社,2001,第2页。

和育的重要责任，其不能漠视对子女的教育而使之沦陷为"生而不养，养而不育"的泥潭。任何方面的社会变革，特别是教育的变革，必须以人的天性为中心。蒙台梭利的教育观认为，人的心理发展从出生即已开始，在生命的最初三年发展迅速，因此，成人对儿童发展与教育的关注在这一阶段尤为重要。依据儿童发展的天性与之相处，适时地进行教育，儿童不会成为成人的对立面，反而会成为纷繁复杂的自然奇迹中最伟大、最令人欣慰的形象。本着顺乎儿童天性的原则看待儿童，就会发现随着儿童的成长，成人所面对的已然不是一个简单而弱小的生命，而是一个需要我们成人用爱打造的具有崇高的尊严的人。他们的行为不是简单的游戏，而是在"创造宇宙中最伟大的奇迹"，成人所能做的，应当是"像仆人侍奉主人那样地帮助儿童进行工作"，成人的角色应当是"人类灵魂发展的见证人"，儿童的远见卓识能够指导和塑造人类的未来。可事实上，某些成人在对儿童进行哺育的过程中往往忽略了儿童的巨大创造力，他们粗暴地将儿童看作成人的一个缩影。成人的僵化、圆滑、墨守成规、缺乏想象力、囿于偏见和过于现实的理性认识不仅割裂了其与儿童的情感，拉长了他们与儿童的心灵距离，更为可怕的是，成人毁掉的是人类世界的未来。特别是在那些生活较为闭塞的地区，成人对于儿童来说更是陌生的、间离的。影片中成人不关心草原儿童的内心，成人的世界儿童也不会懂，这种二元对立关系在草原上将无限期地延续下去，自然生态视域下的草原儿童无奈地游走在现代教育生态文化的边缘地带。草原儿童长期处于成人文化的覆盖之下而被漠视和忽略，儿童真正成为"成人之父"的路途还很遥远。如此在儿童的世界里去成人化就显得更为紧迫与重要。

文学与电影，均是成人的专属，因而儿童文学与儿童电影始终游离于文化核心区域之外。历史舞台似乎历来是给帝王将相和英雄人物搭建的，历史上罕有对儿童发展的记载与关注。100年前，周作人提出"发现儿童"并积极构建"儿童文学"；鲁迅发出"救救孩子"的呼吁，这使得儿童得到了短暂的"合法身份"和地位，但历经几十年的战争与社会转型，儿童又陷入旷日持久的失语状态。殊不知，只有对儿童特别是边缘地带儿童的充分"发现"，才能加深和拓宽对全人类的认识。草原儿童的肉身、本能、无意识里潜藏着自然或宇宙的意志，他们是按照自然规律、宇宙意志认识世界并付诸行动的，从这个意义上说，草原儿童是真正"自由的人"。在成人文化的视域下，影片《绿草地》能够揭示出草原儿童的当代文化立场和观念的缺席，并以儿童的视角探讨社会问题，从而发出生态预警并彰显出儿童的生态智慧，这是影片的巨大价值之所在。

第二节　电影《何以为家》儿童视角的创伤叙事与救赎

被誉为"2019最让人感动的"黎巴嫩电影《何以为家》（音译《迦百农》）赚足了观众的眼泪。这部获得戛纳评审团奖及奥斯卡、金球双提名的影片采用倒叙手法，从一个大约12岁的男孩赞恩状告他的父母开始，展开了对赞恩背负着一个儿童不能承受的生活之痛艰难生活的创伤叙事。赞恩一家生活非常困难，但父母却不停地生育；赞恩没有户口，没钱上学，稚嫩的身体过早地承担起了照顾弟弟妹妹、帮助父母挣钱的重任。影片关注视角独特，从一个被社会边缘化了的底层问题家庭入手，以创伤叙事的手法把儿童、难民这样的弱势和边缘人群的生活放大，从而探讨了童年的苦难、成长的焦虑和人性的善恶。尽管近几十年来，西方国家逐渐加大了对儿童的关注，但到目前为止，妇女和儿童仍然徘徊在社会的边缘地带。从某一点说，我国对儿童的关注相对更显滞后，"在当代中国，儿童还没有成为成人社会的思想的资源。

在通过儿童进行人生思考这一点上，中国社会几乎是在退化"①；"与 20 世纪 80 年代相比，今天的儿童文学关注儿童教育现实的热情减退了，思考儿童教育本质的力量减弱了，批判儿童教育弊端的锋芒变钝了。"② 也因为如此，当《何以为家》这部影片在中国一上映，立刻引起了广泛的社会关注。电影无国界，《何以为家》的创伤主题和对儿童的创伤叙事以极具情感张力的生活故事拓宽了人生视角，触疼了成人敏感而脆弱的神经系统，也在世界范围引起了极大的共鸣和深沉的思考。

一　创伤症候：孤独；暴力；仇父心理与审父意识

导演通过一个苦难的儿童构建了影片的创伤主题：战争创伤、种族创伤、社会创伤、家庭创伤。赞恩一家与埃塞俄比亚黑人拉希尔从叙利亚逃难来到黎巴嫩后备受歧视与排挤，他们经历着战争创伤、种族歧视创伤；赞恩的父母生活贫困却不断生养，社会无视下等人的生存境遇，反而给他们的生活以种种限制，在此他们经历的是社会创伤；赞恩和他的弟

---

① 朱自强：《新世纪中国儿童文学的困境和出路》，《文艺争鸣》2006 年第 2 期，第 57 页。
② 朱自强：《新世纪中国儿童文学的困境和出路》，《文艺争鸣》2006 年第 2 期，第 55 页。

弟妹妹们以及拉希尔的孩子被父母赋予生命，却无法得到父母正常的抚养，遭受到的是家庭创伤。创伤理论的先锋人物凯西·卡鲁丝认为，一个人所经历的创伤事件即便已经过去，其对创伤的记忆仍会不断"闪回"，并在创伤受害者的意识中产生极大的影响。比如，"失去自尊，自己觉得自己耻辱，痛恨自己。事故和犯罪中的幸存者可能觉得，自己在某种方式上对所发生的事情有责任"①。因此，孤独、压抑、失语、疏离、独自默默承受痛苦，以致采用暴力行为进行复仇是受创者的普遍症候。

人类的孤独大体可以分两类，一类是主动追求的孤独，即"有益的孤独"，它有助于个体的精神发展；另一类是情势使然，即"有害的孤独"，是人类缺乏最不可或缺的情感交流和伦理营养所导致的精神的萎靡和失群的悲哀，这种孤独与"自卑""忧伤""失意"紧密相连。影片中的主人公赞恩虽然有完整的家庭和众多的弟弟妹妹，但他的童年缺少父母的关爱和兄弟姐妹们之间的游戏成分，有的只是生活的苦难和照顾弟弟妹妹的重负，遇到解决不了的问题他想到的是与电视栏目这个虚拟的事物联系，他的内心是孤独的。影片一开始，他就带着一副手铐出现在观众的视线中，旁边两个高大

---

① 〔美〕罗森布鲁姆：《精神创伤之后的生活》，田成华等译，中国轻工业出版社，2001，第23页。

的狱警中间夹着一个瘦小的身躯。赞恩孤独的身影组成的画面为后面的创伤叙事奠定了基调，而作为赞恩生活和精神的重要依靠——父母，却成为他的被告，站在了他的对立面。父母虽然在场，但在他的心里是缺失的。赞恩的生活非常单调，白天打工，晚上回家照顾弟弟妹妹。打工的地方没有可以谈心和玩耍的小伙伴，只有对他横加指责的老板，生活的贫穷剥夺了儿童游戏的天性。

赞恩没有身份，无法上学，他每天只能无奈地盯着接送学生的车从他身边开过，目光追随着校车直到消失在路的尽头；车里小学生好奇的目光也追随着落魄的赞恩，直到消失在视线中；车上密集的大大小小的书包诱惑着赞恩，但他只能形单影只地站在街头。刚来初潮的妹妹被父母卖给了房东，赞恩一气之下离家出走，开始了他的漂泊之旅；在食不果腹的境遇下他遇到了埃塞俄比亚难民拉希尔，并与她相依为命。赞恩留守在拉希尔简陋的"家"照顾她未断奶的孩子，每天面对一个不会说话的婴儿，没有交流，无处倾诉，偶尔可以站在窗台上欣赏一下别人家反射出的电视图像；可是就连这个唯一能依靠的拉希尔也因为身份暴露被捕，赞恩只有带着拉希尔的孩子流落街头。影片中，有一幅赞恩用抢来的滑板和一口锅拉着拉希尔的孩子走在大街上的孤独背影，望之令人心酸。

赞恩是孤独的，拉希尔和她的孩子也是孤独的。拉希尔因为躲避战争而逃到了黎巴嫩,没有身份,孩子是黑户,她得不到来自政府和社会的照顾;老板也不会同情她,因为攒不够钱买不了假户口,她又不忍心把孩子卖给商贩,只能自己流下无助的眼泪。拉希尔最终因为身份暴露而被捕入狱,一个饱受战争创伤的难民的孤独与漂泊令人唏嘘。拉希尔的孩子约纳斯生下来就没有父亲,他被母亲藏在卫生间,埋在包裹里。这个孩子无法接触到外面的世界,孤独的赞恩成了除母亲外他唯一见过的人。母亲被抓后,这个苦命的孩子不得不被卖给商贩,当商贩的不法行径被政府清理后,约纳斯也跟着进了监狱。监狱里的小约纳斯号啕大哭的镜头很短,那张一闪而过却因为找不到妈妈泪流满面的脸恒久地留在了观众眼前,成为一道难以愈合的伤疤,令人时时隐隐作痛。

赞恩生活在一个"问题家庭"中,这个家不论成人还是儿童,往往采用暴力行为来表达愤怒和宣泄沮丧情绪,这是人内心的创伤体验的外在显现。赞恩一家来自战火纷飞的叙利亚,"战争对社会生活的影响要比人们所估计的长久得多,也深远得多。当带着满身硝烟的人们从事和平建设事业以后,文化心理上依然保留着战争时代的痕迹"[1]。战争在人类社会生活的构建中留下了深刻的印迹,使人类在处理日常冲突时

---

① 陈思和:《当代文学观念中的战争文化心理》,载王晓明主编《二十世纪中国文学史论》(下卷),东方出版中心,2003,第152页。

意识深处常常会表现出战时化的倾向。在硝烟弥漫的黎巴嫩，国际战争、内战和恐怖袭击已经司空见惯，贫富差距悬殊，底层人民用暴力发泄情绪被认为理所当然。因此，当赞恩出走了几天又回到家取身份证件的时候，母亲不仅没有表现出见到他的欢喜，而是一边打他一边埋怨他为什么回来——孩子的离家出走对他们反而是一种解脱。母亲是一个孩童成长过程中最重要的依赖对象，她不仅赋予儿童以生命，更重要的是养育儿童的主体。但是，赞恩母亲的形象在生活的重压下扭曲变形，带给赞恩的只有无尽的伤痛。父亲的巴掌更加来势汹汹，这个一家之主已经习惯用暴力与侮辱颠覆赞恩的一切主张，表达对赞恩所做的一切的无法认同。这个问题家庭每天到处充斥着语言暴力，"去死吧"常常被挂在嘴边，赞恩听过的最温柔的一句话是"滚，婊子的儿子"，"滚，你这垃圾"。没有爱，没有温暖，在这样的家庭，赞恩只记得"暴力、侮辱和殴打"、"链子、管子和皮带"。赞恩愤怒地咒骂生活是个"婊子"，在他看来，生活就是"一堆狗屎，不比我的鞋子值钱"。战争文化的影响使得社会群体产生崇尚暴力的潜意识，而生活的重负促使暴力从意识深处浮出历史地表，给每个家庭成员带来无尽的伤痛。

　　从心理学上讲，当一个人陷入绝望的境地，意识到无法控制眼前的一切，只能痛苦地面对自己的无能为力，那么，战胜这种无能和焦虑的一种方式就是占有、破坏和暴力。儿童本身就具有残忍与征服的天性："通常来讲，残忍很容易进入儿童的天性，因为使征服本能在即将对别人造成痛苦时就停下来的那种障碍——也就是怜悯的能力——发展得比较晚……可以认为，残忍的冲动来自于征服的本能。"① 残忍的本能与暴力崇拜会导致对暴力的模仿，儿童对成人的模仿是一种自然倾向，通过对成人暴力行为的模仿将成人的姿势、习惯、态度、行为内化成自己的一个组成部分，从而实现了社会学家米德所说的"角色扮演"。从这个意义上说，将父母的暴力行为内化了的赞恩，面对超出他能力范围的事情时也只能暴力处理：小约纳斯没有奶吃，饿得哇哇大哭，赞恩抢了路边小朋友的奶瓶；身体不够强大，赞恩抢来了滑板，制作了简易的勉强能拉着约纳斯走的小车。妹妹的死给赞恩造成了巨大的创伤，但他弱小的身躯无力挽回，留下的只有令他恐惧的情境；这时赞恩就会试图用暴力毁坏并战胜它，悲痛、愤怒的情绪致使他捅伤了房东，暴力行为将他送进了监狱。赞恩的暴力行为表达的是弱势对强势的一种反抗，充斥着遭受不公待遇的创伤，其实质是在努力与自己及家庭因贫穷、没有身份而无法给妹妹治病的无能和孤立的抗争。

生活的苦难异化了父母在赞恩心中的形象，破坏了正常

---

① 〔奥〕弗洛伊德：《性欲三论》，赵蕾、宋景堂译，国际文化出版公司，2000，第 54~55 页。

的以家庭生活为基础，以抚育、教养、赡养为内容的良好的亲子关系。社会动荡的时代就是屠格涅夫所描绘的"父与子"冲突的时代，动荡社会中成长的一代就是以对父亲权威形象的反叛为心理驱动的。父母没有给赞恩提供可供他生存的最基本的保障，没有床，没有枕头，没有食物，弟弟妹妹靠糖水充饥，更谈不上教育和医疗保障，连他的年龄都是入狱时候牙医根据牙齿判断出来的。父母给赞恩创造的生活是与他年龄并不匹配的搬运煤气罐、卖简易饮料和假造药方帮助父母制毒品。亲情的缺失使得父母成为变异和被审判的对象，父母所代表的权力文化体制对赞恩的成长产生了严重的压制和心灵的创伤，赞恩的父母呈现在观众面前的是麻木、丑陋、懦弱、猥琐、毫无责任感的丑态，因而常态中被神圣化了的勇敢、坚强和崇高的理想父亲形象和慈爱、贤淑、温柔的母亲形象在赞恩心理完全瓦解了。影片通过赞恩的创伤叙述，从儿童视角实现了对家长权力文化体系的反叛与颠覆。赞恩母亲的形象、立场与父亲无异，他们共有的冷酷、凶残、暴力给赞恩的身心造成了血泪的创伤，因此赞恩憎恨、仇视父母，产生了十分明显的仇父、审父乃至弑父情结。在以父亲为代表的成人世界，儿童是失语的，儿童只有超越父亲才能进入成人世界并被认可和接纳。父亲制造的无爱生活氛围对赞恩来说就是无法抹去的灾难和心灵的伤痛，"弑父"情结就表现为赞恩对父母的暴力抗争。当他发现妹妹来了初潮，极力帮她隐瞒，帮助有了生育能力的妹妹避开过早嫁人的宿命。但是，赞恩无力拯救妹妹，得知妹妹要被父母卖给房东的时候，他想方设法帮助妹妹逃跑；妹妹被房东强行带走的那一刻，他极尽全力与房东、父母抗争；这时的母亲变得异常残暴、凶狠和力大无比，丝毫没有女儿被卖的愧疚与不舍，赞恩流下了无助、绝望和愤怒的眼泪。最终赞恩将父母告上法庭，彰显了审父意识。赞恩的离家出走，表达的就是对这个无爱家庭的反叛，对无情父母的抗争。一般在"弑父"主题的艺术作品中，母亲往往是以与残暴父亲相对立的形象出现的，表现出对下一代的怜爱，但是赞恩的母亲似乎比父亲更加冷漠无情和暴力。

赞恩的父亲是一个懦弱的灰色人物，他给观众留下的印象并不十分清晰。影片中，赞恩的仇父、审父乃至弑父意识除了有否定、颠覆父亲的形象外，还表达了其深沉的生命自省意识。弑父意识是人类的一种悲壮的自审意识，社会的发展就是在人类对自身的恶、丑、不完善、卑鄙和龌龊的时刻自省中走向最善、最美、最洁的过程。而赞恩与父亲的语言冲突和肢体对抗所体现出的深重的精神创伤与深沉的生命自省意识即彰显了影片对原生家庭深刻、冷静、独特的审视视角。人类文明的发展过程，就是父权制从无到有再到父权文化体系领家庭伦理关系的过程，父权成为家庭伦理秩序乃至社会政治秩序、世界文化秩序的象征，特别是以儒家传统文化为核心的中华文化体系，父权在意识形态上有着绝对的统治地位。过度的父权膨胀往往会导致父子冲突，不论是文学作品还是影视艺术作品中，表达"弑父"主题与"儿子的悲剧"的作品不胜枚举。因此，影片《何以为家》所探讨的儿童仇父、审父、弑父心理，对于国人在传统与现代之间就如何有效构建家庭伦理体系与社会文化体系寻找一种合理、有效的途径提供了一个思考的空间，也暗含了全人类如何构建精神寓所的文化隐喻。

"弑父"往往与"恋母"是连接在一起的，赞恩常常对母亲报以粗口并正面对峙，但是他在游乐场给象征母爱的巨大雕像脱掉上衣以及走投无路投靠处境并不比他好多少的拉希尔的行为是一个儿童对母爱强烈的人性呼唤。虽然拉希尔也同别人一样拒绝了他的投靠，她揭开藏在包裹里的婴儿示意自己根本无力承担赞恩的生活，但赞恩还是将唯一的希望寄托在了拉希尔身上。赞恩百般恳求，这个同样是来自叙利亚的难民——与赞恩经历着同样遭遇的女人，出于母爱收留了他，同时也使自己的生活更加拮据。赞恩生平第一次吃到了蛋糕（拉希尔偷来的），洗了澡，暂时解决了生存问题。他在拉希尔身上体验到了短暂的母爱，作为回报，他将这份难得的爱又倾注到了拉希尔的孩子身上。

影片描述的社会环境千疮百孔，即便是充满童趣的温馨画面给观众带来的也是"含泪的笑"。比如，赞恩用上衣为妹妹制作"卫生巾",扒开衣服让游乐场的女性雕像袒胸露乳,用镜子反射隔壁家的电视画面给约纳斯制造出电影效果,给动画片配音逗黑人弟弟,等等。看得出生活的苦难没有完全遮蔽赞恩的游戏天性和善良。

二 创伤的启示:难民儿童如何得到教育救赎?

影片对儿童的创伤叙述并不是为了满足观众窥探隐私的猎奇之心,而是让观众切身参与其中,激发出观众对于儿童创伤性经历的同情与伦理关怀,最终达到治愈儿童创伤的目的。

治愈儿童的心理创伤,先要治愈成人的精神之伤。赞恩的孤独、暴力与仇父心理主要来自他的原生家庭。影片通过对赞恩生活的苦难叙述,表达了底层社会中成人物质和精神世界的千疮百孔,因而极具启发性。底层人群何去何从?难民如何尽到对子女抚养与教育责任?这已经成为摆在全人类面前的棘手问题。

在战乱纷飞的黎巴嫩,没有任何社会保障,百姓居无定所,人们苟且存活,愚昧、冷漠而固执;他们对生儿育女缺乏理性认识,生而不养,养而不育,对下一代毫无为人父母的责任感。沦为生育机器的父母的不负责任的行为剥夺了儿童健康成长的权利,以致孩子们无法接受教育,甚至生存都是问题。赞恩的父母对于子女的关注仅仅停留在他们能为家庭减少多少负担，能为家庭挣多少钱的问题，至于爱的浸润与教育的熏陶这些高境界的需求，于他们来说是麻木与陌生的。他们是活在"铁屋子"里的昏睡者，即便有几个觉醒者振臂呐喊，也难以把在沉睡中死去的大众叫醒。因此，他们对于女儿的初潮、儿子的受教育问题，不是出于人类情感本能的关心，而是出于生存境遇的考虑。他们把幼小的孩子用铁链拴着，把11岁的女儿卖给房东，把儿子送到房东的店铺打工挣钱，如果上学能够解决吃饭问题并能保证放学后还能继续打工，他们是可以考虑的。他们理所应当地让赞恩用假处方购买制毒药品，用泡药粉的水浸湿衣物，通过坐牢的大儿子卖给监狱里的瘾君子。对于制毒这样的生存方式他们毫无理性认识，并且毫不掩饰地传授给赞恩。虽然，赞恩在走投无路的情境下也采用过同样的方式来谋生，但是他却知道让小约纳斯"闪开"。赞恩具备了捷克教育思想家夸美纽斯所说的儿童与生俱来所拥有的"知识、道德和虔诚的种子"，无愧于英国诗人华兹华斯所说的"成人之父"的赞誉。在赞恩面前，其父母显得更加愚昧和无知。母亲去探望监狱里的赞恩的时候，告诉他自己怀孕了，并附以"当上帝拿走了你的一些东西，他会给你另外的东西作为回报"的道理，还准备继续使用已经死去的妹妹的名字。她将这个消息作为喜讯告诉赞恩，可是没想到赞恩回以"你的话刺痛了我的心"。面对赞恩的控诉，父亲毫无悔意，并不认为有什么错，因为"我儿子捅了人，这不是我们的错。我也是这么被生出来，也是这么长大的，我做错了什么？"害死妹妹的房东阿萨德对于自己的行为也不以为然甚至理所当然："娶萨哈的时候她11岁，她已经成熟了，周围很多女孩这个年龄都结婚了，我继母也是这个时候结婚的，现在活得好好的。"人生悲剧在社会的舞台上不断地巡回上演，底层父母的愚昧直接影响了下一代。当赞恩告诉妹妹妈妈要把他卖给房东阿萨德，并且告诉她阿萨德是个坏人，妹妹一脸天真地说：房东不是坏人，因为他给她东西吃。

影片的价值在于通过对底层人民生活境遇的揭露从而激发出了对底层成年人教育无知的批判，对世界各国政府都产生了很大的震慑力，并且在一定程度上改变了部分人的生活状况。比如，扮演赞恩的演员赞恩·阿尔·拉菲尔一家搬到了挪威，过上了相对安宁的生活。正如导演所说的："我坚信电影即使不能改变现状，至少也可以引起话题和争议，或者引发人们的思考。"但是，部分人得到拯救并不能从根本上解决普遍存在的难民问题，影片更重要的价值在于引发了我们如何看待底层人群的教育观的问题。

我们对于底层儿童的救赎，不能仅仅停留在批判的层面，我们站在教育体系相对完善、非常发达的现代社会看待战乱纷飞中难民的教育观，如同法国社会历史学家菲力浦·阿利埃斯站在现代文明体系中看待中世纪的儿童观——"中世纪没有儿童"。因为"中世纪文明既忘记了古典时期的'教育',也对现代的教育一无所知。基本的事实就是:它没有教育的观念。今天我们的社会依赖的是教育系统的成功,我们的社会也懂得要依赖这一点。现代社会有教育系统,有教育的概念,意识到教育的重要性。心理分析学、儿科学和心理学等新兴科学,致力于儿童问题的研究,他们的发现通过大众文化传递给父母。现代社会对儿童的生理、道德和性诸方面的问题都非常感兴趣。中世纪文明没有这些兴趣,因为这些问题对他来说不存在"①。同样,对于生活在社会底层的赞恩的父母来说,他们没有对子女进行教育的兴趣,教育对他们来说也不存在。因此,成熟完善的教育体系源自安居乐业的社会体系,要满足赞恩"睡觉时有枕头"的愿望进而实现对以赞恩为代表的所有难民儿童的救赎,需要从根本上解决众多社会矛盾才能实现。

---

① 〔法〕菲力浦·阿利埃斯:《儿童的世纪——旧制度下的儿童和家庭生活》,沈坚、朱晓罕译,北京大学出版社,2013,第 328~329 页。

第三章 文学的跨文化比较

没有文学比较，就无法进行文学跨界研究。"比较是表达文学发展、评论作家作品不可避免的方法，我们在评论作家、叙述历史时，总是有意无意进行比较，我们应当提倡有意识的、系统的、科学的比较。"[1] 有比较才有鉴别，但是文学的比较不是简单的"拉郎配"，而是要提升到理论和文化层面来认识。通过文学现象的比较，目的是为了找出现象异同背后文化层面的原因以及彼此之间的关联。本章主要通过文学比较，探讨中西方文学现象之间的交流与影响以及文化传统的差异性。

---

[1] 杨周翰：《攻玉集》，北京大学出版社，1983，第14页。

第一节　拉美魔幻现实主义与中国藏域文学"孤独"母题之比较

一　孤独：人类生存的重要命题

孤独是人类的基本生存处境之一，诗人赖内·马利亚·里尔克（Rainer Maria Rilke 1875—1926）说过："人存在于万物之中，是无限的孤独"[①]。这种孤独感一方面源于人对自然现象、社会现象的无知和迷茫，另一方面源于人类自我审视与反思的特殊需要。

高尔基认为，文学即是人学。文学反映的内容是由人类本身的存在决定的，所以孤独从一开始就成为文学情有独钟的重要命题。追溯到人类最古老的文明之一——古希腊文化，孤独就已成为一种重要的文学素材。古希腊悲剧之父埃斯库罗斯在《普罗米修斯》中塑造了普罗米修斯这一形象，他为

[①] 转引自何向阳《家族与乡土——二十世纪中国文学潜文化透视》，《文艺评论》1994年第2期，第29页。

了使人类能够有光明与幸福而盗取天火，然后被宙斯绑在高加索悬崖上默默忍受着长年的孤独。索福克勒斯在《俄狄浦斯王》中塑造的俄狄浦斯，也自始至终孤独地陷入对自己命运的逃避与抗争中，他在抗争失败后最终没有摆脱杀父娶母的命运，只能选择刺瞎双眼走向孤独的自我流放之途。在中国的古代神话中同样也展示着人类的孤独，后羿、精卫、夸父、盘古等英雄的塑造，折射出远古居民面对强大的自然充满疑惑与无奈，生存的孤独感自然伴随其中。

可见，无论西方还是东方，孤独感一直活跃于人类世界，同时也活跃于文学世界。20 世纪的人类不断异化，尤其是尼采宣告上帝死亡之后，孤独更成为人们普遍感受到的日益强烈的生存体验。从里尔克、卡夫卡、加缪到贝克特，他们笔下的孤独已不仅仅是在自然面前无知与无奈的孤独，更是一种能够冲击人类心灵的、深刻的、形而上的孤独。卡夫卡在《变形记》中展现了现代社会人的异化和人与人之间关系被异化后的孤独感，加缪在作品《西西弗的神话》中也从存在主义的角度深刻揭示了人的荒诞与孤独——作品描述了主人公独自一人一刻不停地反复推动一块巨石，其间伴随着无限的孤独。

可见，无论在古代文学还是 20 世纪现代文学中，孤独都是极其普遍、深刻和重要的一个主题，毫无疑问，它已经具有了母题的意义。

二 拉丁美洲的孤独

受特殊地理、政治、经济、社会、文化等因素的影响，拉丁美洲的魔幻现实主义文学中充溢着浓郁的"拉丁美洲孤独"的孤独意识。其独特性主要体现在以下几个方面：

1. 俯拾皆是的孤独意识

拉美魔幻现实主义文学中的孤独意识无处不在，无时不有，孤独几乎成为每个拉美魔幻现实主义作家情有独钟的观照对象，甚至成为某些作家一贯的创作主题。加西亚·马尔克斯的作品大多是描写孤独的：《枯枝败叶》的主人公一生在极端孤独中度过；《恶时辰》的镇长得不到老百姓的信任，饱尝着孤独；《没有人给他写信的上校》的老上校，在等待的无奈和悲凉中感受着无援的孤独；《百年孤独》则更是如此，孤独存在于每一时刻和每一地方，直至最后导致了整个家族的毁灭。"孤独，作为一种现象、一种心境、一种表现对象，在浩如烟海的文学史上算不得稀奇……但是，把它当作一个民族、一个国家甚至一片包括20多个国家的广袤土地的历史和现状来表述，恐怕就不再是常事了。"[1]

---

[1] 陈众议：《加西亚·马尔克斯评传》，浙江文艺出版社，1999，第173页。

2. 形而下孤独与形而上孤独的有机融合

拉丁美洲魔幻现实主义文学的孤独是具体形而下的孤独与哲学意义形而上孤独的有机融合。20世纪世界文学中现代主义对孤独意识的表现主要集中在心理意义上，其通常是在形而上层面的，表现的是对人类生存困境的思考和难以摆脱精神困境的认识。譬如，贝克特的《等待戈多》揭示了人类被异化后的隔膜以及因此而产生的极端的内心孤独。魔幻现实主义文学的孤独意识既包含了现代主义文学中形而上的孤独，同时也包括了具体可感形而下的孤独。拉美独特的历史发展和现实状况以及人民的生存环境，使文学只能更多地关注自己生存的地方。拉丁美洲经济上贫困落后，政治上专制混乱，加上殖民者不断掠夺侵略，使得魔幻现实主义文学在表现孤独时很难脱离这些具体的现实存在。无论是加西亚·马尔克斯笔下在无奈中无尽等候的上校，还是胡安·鲁尔福笔下干旱、炎热、孤寂的科马拉村庄，他们的孤独都是指向拉美的具体现实。即使是表现形而上的人类存在的孤独时，作家们依然是从自己生活生存的土地入手，直接触动人类的孤独意识。因此，这种孤独是一种具体的孤独，与20世纪现代主义文学的孤独相比，它具有拉丁美洲的独特的"罂粟气息"。

拉丁美洲孤独的原因是复杂的，也是特别的。在哥伦布发现拉丁美洲之前，拉丁美洲与外在大陆一直处于隔绝状态，那时这块大陆和拉丁美洲的人民都生存于一种孤独与封闭的状态中。它独特的不被人知晓的自然景物，形成大陆的原因，各种族、民族多种文化的共同存在，都带有十分神秘的色彩。群峰叠嶂的崇山峻岭、气势雄浑的飞流瀑布、漫无边际的草原、神秘莫测的森林与繁华的都市交织在一起。现代化的生活，往往是摩天大楼与原始集市并存，电气与巫师并存，蒙昧与智慧并存。"在如此繁乱复杂的大自然和现实当中，客观的一切令人眼花缭乱，以致不知所云。"① 关于拉丁美洲现实中所存在的这许多充满魔幻性的事情，作家以及众多学者有着特别多的论述："美洲是唯一的不同时代并存的大陆，在这里，一个20世纪的人可以同一个压根儿不知道什么是报纸和通讯、过着中世纪生活的人握手，或者同一个生活在1850年浪漫主义时代的人握手"②。拉丁美洲独特的文化土壤造就了文学作品的神秘性与可读性。

拉丁美洲人民在思想与哲学意识觉醒之前所能体味到的，仅仅是一种处于无意识之中的生存的孤独，这种孤独感与孤独意识伴随着风起云涌的民族独立运动和哲学意识的觉醒，成为拉丁美洲魔幻现实主义作家心中永远的痛，这种独特的孤独意识逐渐成为拉丁美洲魔幻现实主义文学的共

---

① 转引自陈光孚《魔幻现实主义》，花城出版社，1986，第23页。
② 转引自陈光孚《魔幻现实主义》，花城出版社，1986，第25页。

同母题。

三　中国式孤独的表现

　　古老的中国与拉丁美洲极其相似，在世界上也是"孤独"的。几千年来的封建统治使中国人形成了外人难以理解的独特的行为方式和思维方式，孤芳自赏、盲目自大、崇洋媚外，都是其心态的不同表现趋向。这种趋向尽管在五四运动之后有所变化，但在历史发展的长河中，野蛮与文明、落后与先进的发展和冲突一直都存在着，并且始终牵制着作家的思考与文学创作。

　　魔幻现实主义代表作品《百年孤独》译介到中国后，中国当代文坛立即引起一种心灵相惜的共鸣，掀开了文化寻根的热潮，并从不同视角展示着孤独。

　　中国寻根文学的作品与拉美魔幻现实主义文学作品相比，更多地体现了一种形象体系的相似。比如，藏域小说即利用魔幻现实主义的创作方法去表现西藏地区独特的历史与现实，展示出与众不同的孤独意识。由于经济发展缓慢，交通长期不便利，较之于内陆西藏地区贫瘠而封闭，故而显得神秘；而独特的文化土壤使得藏民的性格、癖好甚至外貌神态也都尽显神秘之气。在这种自然环境和社会环境下，生活于其间的人们难以解释自然现象以及社会存在，但又希望凭借自己的力量与之对抗并获得胜利。于是，藏族传说中的神与佛教中的佛便显现出全知全能、善知未来的特性，具有很大的神秘威力。他们能够降妖除魔、为民造福，并给厄运中的人以信心和力量，因此一直是藏族人精神上的依托。对于这一情结，西藏作家子文曾这样说："藏族人具有生活的两重性和精神的两重性，一方面是现实的物质文明生活，去看电视，看体育比赛，买时髦的商品，同时又求神拜佛，转经磕头，在寺庙烧香；内心世界也是这样，既有现实的功利性考虑，又更多地被报应、轮回等宗教观念引向幻化中的神佛境界"①。

西藏这块土地在域外人眼里是孤独的，它的孤独是与神秘紧密联系的，孤独与神秘是它千年不解的双羽。在这片文学植根的沃土上，生长出了成就卓著的文学艺术，比如在扎西达娃、马原这些藏域作家笔下，西藏高原恒久的高大与伟岸显而易见，只有身处其间才能感受到西藏高原所具有的独特大自然景观：雪山、经幡、寺庙、转经轮，以及藏族人民生活中常常可以见到的羊毛袍和环佩叮当。20世纪80年代以来，宗教祭祀和原始风俗等活动频繁得到复兴，其令人眼花缭乱又兴奋不已。此时，仅是表象的观摩已经不够，作家需要更多地发掘人的意识形态和心灵世界。

解读孤独与神秘的这方圣土的作品，最初发表在1985年

---

① 扎西达娃等：《西藏新小说》，西藏人民出版社，1989，第433页。

《西藏文学》第6期,这期"魔幻小说特辑"刊登了扎西达娃的《西藏:隐秘岁月》、刘伟的《未上油彩的画布》、色波的《幻鸣》、李启达的《八戈的传说》和金志国的《水绿色衣袖》。他们共同的创作思想是,因为西藏有着神奇、瑰美的自然风光,在这里,茫茫高原似乎一眼可以看到天的尽头,然而想要了解他们的内质,又是一件非常难的事情;藏族人民坦率透明,然而他们的文化所形成的集体无意识与汉族人民的观念却大相径庭。

基于此,藏域作家们想要描述西藏高原的风情风物和反映藏族人民生活的内在神韵却真正成为一件极其不易的事情。他们冥思苦想了很久,也苦苦地探索了很久,直到拉丁美洲魔幻现实主义的出现,才使他们找到了黑暗中的星光。他们认为,表面上看起来,这里的"魔幻"是神奇虚幻和充满灵异的,但当你真正走进西藏的时候,随时都会发现神秘、怪异和灵异就在身边。这并非是对拉丁美洲魔幻现实主义的一味模仿,也不是为了出现魔幻效果而人为地创造魔幻,它是真实的,也是永恒的。这种永恒是凝重的!

四 同归与殊途

"孤独"的理解与表现,在拉美作家与中国作家那里体现为一种"同归"的"殊途",虽然两地作家表现的强烈程度不同，叙事的视角有别，艺术的着力点多变。扎西达娃，作为一位笔力精湛的新时期少数民族作家，以其特殊的身份和独特的表现手段，为中国文坛划出了一条闪亮的轨迹。他的成功之源是他生长的土地，以及他对孤独主题的描写。

扎西达娃的小说《西藏：隐秘岁月》描写了历时75年的近代西藏历史，尽显历时性和完整性。作品叙写了在西藏帕布乃冈地区的廓康村，女主人公次仁吉姆有一桩"伟大"的事业：她多年侍奉邻近修行的一位大师，作为自己供养的福地；她每天要给大师送茶送饭，不论风吹日晒，不管刮风下雨，都坚持重复地做着这一件事。在宗教意识的支配下，次仁吉姆很少下山，她每日坐在门口，手拿佛珠，过着没有时间的沉寂生活……直到父母下世后，次仁吉姆依然不忘这一使命，但直到生命最后一刻她也没有见过无怨无悔地侍候了一生的修行高僧。当老次仁吉姆去世后，一位现代的女医生突入山洞，才发现这位高僧早已成为了一具长年藏于山洞中的骸骨。而在次仁吉姆对面山上居住的一位叫达郎的男青年，他挚爱次仁吉姆，辛辛苦苦地等待了18年，却最终没有结果。达郎最后无能为力地哀嚎一声下山而去，他把长久的思念长埋心底。

小说中，女人们的命运虽然各不相同，但她们的名字都是相同的，都叫次仁吉姆。作者如此表现，一方面是想要表现她们的生活都在经历一个循环往复的模式，另一方面是想要通过对次仁吉姆这个名字的不断重复，来强化和突显西藏人民的生活方式，从而展现藏民族生活的复杂现状。作品中，扎西达娃既承认西藏接受了外来的影响，也揭示了封闭是导致西藏落后与孤独的根本原因。

事实上，对照《百年孤独》，《西藏：隐秘岁月》在整体框架上和主题意义上都明显与之类同。

《百年孤独》以布恩地亚家族7代人的生活为主线，全面展现了哥伦比亚及整个拉丁美洲社会的发展变迁。布恩地亚家族的每一个成员因彼此之间缺乏信任而几乎没有情感上的交流与沟通，虽然有人也曾想扭转这种局面，但最终以失败而告终。乌苏拉孤单至极时不得不向不中用、被人遗忘在栗树下的丈夫霍基·阿卡迪奥倾诉，而丈夫阿卡迪奥对她的悲叹却是充耳不闻，她这些话就好像是在讲给一个死人听。在乌苏拉看来，表面上有两个人存在，但她能感受到的只有孤单的自己。生性孤僻的阿卡迪奥，在生命的最后两个小时里，从童年时代就一直折磨着他的恐惧突然消失了，在对人生的回顾中，他终于明白自己是很热爱过去最被他憎恨的人们。面对死亡，他感受到的不是害怕而是怀恋，他似乎是有所觉悟了，或许那种一直折磨他的恐惧便是对孤独的恐惧。人的存在就是选择，就是选择他的独特生活行动的方式，一直以来阿卡迪奥都试图以自己的方式驱散这种恐惧，但直到生命最后一刻才如愿以偿。

很显然，《西藏：隐秘岁月》与《百年孤独》不仅主题和框架结构相似，具体情节和故事背景也有很多的相似点。马贡多镇与廓康村都是作者虚构的"邮票大小的地方"，二位作者都力图"小中见大"，着眼于通过对小地方的描述来展现民族发展的历史脉络。老布恩地亚一家因为受到村民的讥笑而将其杀掉，为逃避鬼魂的纠缠全家搬到了马贡多镇居住；米玛一家则是因为米玛打猎时触怒了山神担心遭受天灾逃到了廓康村。马贡多人第一次见到冰的时候，都以为是世界上最大的钻石；廓康人第一次看到飞机时惊慌失措，都以为是神鸟。由于西藏与拉丁美洲的文化土壤和宗教信仰极其相似，扎西达娃的模仿描写就显得较为合理，其奇异的细节描写总是围绕着小说主题，渲染铺排也为整个故事的展开奠定了"神秘"的基调。

扎西达娃从拉美魔幻现实主义文学中借鉴了适合于表现藏族现实生活的创作方式，用此结合现代意识来探询西藏人民的生存现状与历史传统的本质，作品中充满类似拉美魔幻现实主义文学中所描绘的古老的历史与神秘的传统，描绘出了这样一个被现代文明遗忘了的少数民族，描绘出了一幅具有特色的藏族风情画。

虽说西藏与拉丁美洲的社会现实存在着许多不同之处，但二者之间在文化内核中又有很多相似的因子。从这些作品中我们可以看出，藏域作家们通过创作研究和实践，已经找到了拉丁美洲魔幻现实主义文学与西藏文学所植根的土壤之契合点。

第二节 萨福与朱淑真之比较

一 作家性情之比较——率真与压抑

古希腊的萨福与中国古代朱淑真,均以诗人的身份在世界文坛上散发着她们特有的魅力,但不同的是,古希腊民主自由的宽松环境使得萨福拥有充满了不断奋斗与追求的人生,其与生俱来就有着坦率、真挚的内心世界;而朱淑真则生活在专制君主的统治之下,其情感含蓄、委婉,人生带有悲剧色彩。

"希腊群岛啊,美丽的希腊群岛/热情的萨福在这里唱过恋歌。"① 萨福,一位热情的抒情诗人,出生在一个富有的家庭,后来又嫁给一位富商,但生活的殷实并没有使她流于不学无术和毫无追求之俗,她有自己的事业,有对理想爱情的执著追求,也勇于参与政治活动。在萨福门下,有好多妙龄少女慕名学艺,她教她们诗歌、弦琴、舞蹈等,待到这些少女到了出嫁的年龄,萨福便将美好的祈愿写在诗里为她们送

---

① 〔英〕拜伦:《唐璜》,查良铮译,人民文学出版社,1980,第274页。

别。她在《赠别》中写到：我和阿狄司从此不能再见／我不骗你，我真恨不得死／她临别时，曾经痛哭流涕／／并对我说了这样一番话／……萨福，我真不愿和你分离／／听了她的话，我就对她说／从我身边高高兴兴地去吧／记住我。你知道我多疼你／／你若忘记，我就会提醒你／让你想起你忘记了的往事／我俩相处时多么美好甜蜜。① 这首诗语言直白，如同说话，将萨福与学生恋恋不舍之情表达得淋漓尽致。萨福对学生感情深厚，对爱情更是执著追求，据说她后来爱上了一名年轻水手，并因失恋而在琉卡迪亚（Leucadian）悬崖投海自尽。这种说法真假未辨，但却有着罗曼蒂克色彩。可见，萨福是一位有个性和勇于追求自由真挚爱情的不凡女性，她对政治生活也充满热情。阿尔凯奥斯是萨福政治生活中一位真诚的盟友，他们俩曾一度共同反对过僭主。萨福曾被流放，也与政治牵连不无关系。

朱淑真，中国南宋时期继李清照之后又一位杰出的女词人，出生在环境优美的杭州。朱淑真少年时置身于大自然的怀抱，读书、赋诗填词、饮酒、弹琴、写字、绘画并赏玩四时花木景物，其生活无比悠然。她在《闲步》中写到："天街平贴净无尘，灯火春摇不夜城。乍得好凉宜散步，朦胧新月弄疏明。"② 朱淑真

---

① 黎华：《外国诗歌传世之作》，山东文艺出版社，1996，第111页。
② （宋）郑元佐注《朱淑真集注》，浙江古籍出版社，1985，第95页。

与萨福有着同样的令人折服的才情,而她们俩的感情经历也有着相似之处。尽管我们无从知道关于萨福丈夫的详尽资料,但从民间传说、她的同性恋情节以及她写给几位少男的爱情诗来看,我们会想到她与丈夫的关系并不和谐。朱淑真比萨福更不幸,她的婚姻就是一场悲剧。"早岁不幸,父母失审,不能择伉俪,乃嫁为市井民家妻。一生抑郁不得志。"① 少女时的朱淑真也曾构想过自己的理想婚姻:"初合双双学画眉,未知心事属他谁,待将满抱中秋月,分付萧郎万首诗(《湖上小集》)"②。这首诗表达了诗人希望找到一个有共同趣好和志向的风流才子。然而天不作美,她的丈夫很平庸,他一直无法理解朱淑真的追求,这从朱淑真的作品中所流露出的情绪即可印证:帆高风顺疾如飞,天阔波平远又低。山色水光随地改,共谁裁剪入新诗。对景如何可遣怀,与谁江上共诗裁。江长景好题难尽,每自临风愧乏才③。夫妻二人乘船游玩,面对流动的水光山色诗人不禁才情大发,可她的丈夫却没有这份兴致,更没有她的才情,因而她只能"纵有风流无处说"(《圆子》)。从萨福与朱淑真的人生经历来看,二者的相同之处是:同样是出身富裕家庭的才华横溢女诗人,年少时都曾有过理想爱情的美好愿望,她们都经历过不幸的至少是不完

---

① (宋)郑元佐注《朱淑真集注》,浙江古籍出版社,1985,第1页。
② (宋)郑元佐注《朱淑真集注》,浙江古籍出版社,1985,第91页。
③ (宋)郑元佐注《朱淑真集注》,浙江古籍出版社,1985,第188页。

美的婚姻生活，而中西文化的差异，使得她们形成了各自独特的人生态度。萨福生活的年代正值希腊奴隶制城邦国家兴起之际，奴隶主民主政治时期的社会氛围对她产生了直接影响。萨福的诗作洋溢着生活的情趣，充溢着对爱情的赞美，她能够将自己对理想爱情的大胆追求一览无余地袒露出来。而朱淑真生活在"饿死事小，失节事大"的中国封建社会，"存天理，灭人欲"的理学思想限制着妇女的个性和自由，绝对男权统治的社会将她美好的愿望无情地扑灭。因而朱淑真的诗大多是"忧愁怨恨之语，每临风对月触目伤怀，皆寓于诗，以写胸中不平之气"[1]。

二 爱情诗之比较——直抒胸臆与含蓄哀婉

通过萨福与朱淑真的爱情诗，可以窥探到她们丰富的内心世界。萨福敢于大胆正视爱情，将它视为人的正常情感范畴，她的诗指向明确，直抒胸臆，而且特别富有感情色彩。法国浪漫主义诗人斯达尔夫人曾经在评论古希腊诗歌时说："这种不自觉的迸发，正因为它是不自觉的，所以具有后学者所不能企及的力量和淳朴，那是初恋的魅力。"[2] 如其诗《我

---

[1] （宋）郑元佐注《朱淑真集注》，浙江古籍出版社，1985，第1页。
[2] 《诗海——世界诗歌史纲（传统卷）》，飞白译，漓江出版社，1989，第59页。

觉得》：我觉得，谁能坐在你面前/幸福真不亚于任何神仙/他静静听着你的软语呢喃/声音那么甜//啊，你的笑容真叫人爱煞/每次我看见你，只消一刹那/心房就在胸口里狂跳不已/我说不出话//我的舌头好像断了，奇异的火/突然在我皮肉里流动、烧灼/我因炫目而失明，一片嗡嗡/充塞了耳朵//冷汗淋漓，把我的全身浇湿/我颤抖着，苍白得赛过草叶/只觉得我似乎马上要死去/马上要昏厥……这首诗充分表现了萨福的风格，热烈如火山爆发，但又不乏女性诗人独有的情感的细腻。

  朱淑真在诗歌中也表达了对美好爱情的向往，但这种表达方式是含蓄的、间接的。如《生查子·元夕》：去年元夜时，花市灯如昼。月上柳梢头，人约黄昏后。今年元夜时，月与灯依旧。不见去年人，泪湿春衫袖①。这首诗将自己在去年元夕与情人相会时的美好感受遮盖在"花市灯如昼"下，花市上张灯结彩，亮如白昼，艳丽灼人，这种热闹、喜庆、令人头晕目眩的场景就是诗人心中激荡着的汹涌澎湃情感的美好映照。今年不见去年人，尽管灯火依旧，但在诗人眼中早已黯然失色，作者也无心眷恋眼前灿烂的景色，痛楚撕咬着她的心扉，情人的失约将她爱情的火焰无情地扑灭，只好以泪洗面，失望地离开。这种寓情于景的表达方式与萨福直

---

① （宋）郑元佐注《朱淑真集注》，浙江古籍出版社，1985，第197页。

白的倾诉形成鲜明对比,远不及萨福的《我觉得》大胆。尽管如此,按"三纲五常"和"三从四德"的条规,这样的诗还是有悖常理且大逆不道的。杨慎《词品》中说:"朱淑真元夕《生查子》……则佳矣,岂良人家妇所宜耶!"①

因为难以圆梦,只能将理想转化为哀怨,因而朱淑真的诗大多抒发的是一种愁肠百结和"独行独坐,独倡独酬还独卧"(《减字木兰花·春怨》)的孤立无依的情怀。再如她的一首《愁怀》:"鸥鹭鸳鸯作一池,须知羽翼不相宜。东君不与花为主,何似休生连理枝。满眼春光色色新,花红柳绿总关情。欲将郁结心头事,付与黄鹂叫几声。"② 这首诗表达了诗人因为得不到真正的爱情而愁情满怀,但又没有倾诉的知心人,所以她渴望像黄鹂鸟一样一吐心中郁结的情怀!而萨福对内心的烦恼的愁情诗是如何处理的呢?请看她的《永生的阿芙洛狄特》。"永生的阿芙洛狄特,宝座上的女神,宙斯的善用心计女儿,求求你/女神啊,别再用痛苦和忧愁/折磨我的心//求你像从前一样,只要远远/听到我的声音在求告在呼唤/你就翩然降临,离开你父亲的/金色的宫殿//……转眼就飞到此地,女神啊,于是你/永远年轻的脸上浮着笑意/会叫我说出一切烦恼的缘由/我为何唤你//我狂热的心在把什么

---

① 转引自郑新莉《谈谈女词人朱淑真》,《昆明大学学报》2000 年第 2 期,第 38 页。
② (宋)郑元佐注《朱淑真集注》,浙江古籍出版社,1985,第 105 页。

追逐/你会问：你希望蓓脱女神把谁说服/而领入你的情网？告诉我，是谁/委屈了萨福//要知道逃避者不久会来追逐你/拒绝礼物者不久会爱的/不由她不愿意//求你再度降临，亲爱的女神/求你解救我于万般痛苦中/保佑我的一切心愿能够实现——请和我结盟！"① 从这首诗来看，萨福遇到了棘手的事，自己所爱的人不爱她，这使她万般愁苦，于是她向女神阿弗洛狄特求援，阿弗洛狄特给了她很好的安慰。萨福比朱淑真幸运，她烦愁时有倾诉的对象，能够一吐为快。一个是直抒胸臆、酣畅淋漓，一个是愁情满怀、委婉含蓄；一个生活在公元前五世纪的古希腊，一个生活在南宋的古中国，两位女子呈现出了迥异的诗风，但女性特有的博大的母爱与细腻的感情使我们发现了她们的一致性。萨福有写给母亲的诗，如《亲爱的母亲》；也有写给女儿的诗，如《我有个可爱的孩子》，后者尤其显示了一个母亲对孩子巨大而无私的爱。"我有个可爱的孩子，我爱的克蕾伊丝/她全身就像花朵，有着金色的花瓣/我决不会放弃她，去换整个吕底亚/和雷斯博斯的粮田。"② 萨福对爱情是火热的，对孩子的爱更是热烈的，这是天下最博大的爱。她将朴实的语言与深挚的情感融

---

① 《诗海——世界诗歌史纲（传统卷）》，飞白译，漓江出版社，1989，第63页。

② 《诗海——世界诗歌史纲（传统卷）》，飞白译，漓江出版社，1989，第69页。

为一体，脱口而出，发自内心，结尾处更是妙笔生花，在伟大的母爱面前，财富算得了什么？再如《如果你来》："如果你来/我将缝制/几只新的枕头/让你休息。"① 诗中，女性特有的细心与温柔给人一种甜蜜、舒适、安逸的感觉，渗透着一种难以抗拒的诱惑力。再看朱淑珍，《浴罢》一诗写到："浴罢云鬟乱不梳，清癯无力气方苏。坐来始觉神魂定，尚怯凉风到坐隅。"② 作者用女性特有的感受写出了一个少女浴后娇弱无力的神态，读来不禁让人顿生怜香惜玉之心。再如她的《画眉》："晚来偶意画愁眉，种种新妆试略施。堪笑时人争仿佛，满城将谓是时宜。"③ 字里行间，一个细致、有灵性、鲜活的女性形象跃然纸上。

由于古希腊与古中国文化背景的巨大差异，我们更多看到的是两位诗人外倾与内秀的不同风貌，这体现了文学的民族性与世界性，也使得世界文学呈现出丰富性与多样性。

从以上对比不妨得出这样的结论：一国的文学要想走向世界，其在保留本国民族特色的同时一定要把外来成分吸收进民族传统，以便拓宽其范围，赋之以新力量，使其独特性、复杂性及成就都达到更高水平，并且最终超越民族性的狭隘限制。这样，文学才能真正成为各国进行文化交流的重要媒介。

---

① 罗洛：《萨福抒情诗集》，百花文艺出版社，1989，第 64 页。
② （宋）郑元佐注《朱淑真集注》，浙江古籍出版社，1985，第 119 页。
③ （宋）郑元佐注《朱淑真集注》，浙江古籍出版社，1985，第 231 页。

第四章 异域文化影响下的蒙古族文学

影响研究是比较文学或文学跨界研究最常用的研究方法，它将两种以上的作家、作品和文学现象放在一起，找出它们的相互作用、相互联系。一般来讲，一个民族的文学都有对其他民族文学的影响与接受，随着现代社会文化交流的常态化，世界文学与文化对中国的影响不仅局限在汉民族文学，其对少数民族文学的影响亦然。本章就是探讨蒙古族文学对西方和日本文学与文化的接受情况，主要包括对西方现代主义文学及理论的接受和对日本现代教育理念的接受。

第一节　凤凌游记中的西方形象

美国斯坦福大学教授、世界著名现代化研究专家英克尔斯（Alex Inkeles）说过，"现代人准备和乐于接受他未经历过的新的生活经验、新的思想观念和新的行为方式"①。英克尔斯认为，这是现代人的首要特征。晚清有一批知识分子就具备了英克尔斯关于现代人的首要特征，他们乐于接受新事物，关注社会改革和外来文化等。也正是他们开放的思想和前瞻性眼光加速了中国文学的现代化进程，这其中蒙古族汉语写作作家凤凌就是一个代表。

凤凌生活于清末民初，于1893年经海军衙门考取了游历章京的职位，并在第二年以出使大臣龚照瑗随员的身份游历了欧洲四国，写下了《四国游记》（四卷）。作为晚清迈出国门的稀有的少数民族官员之一，凤凌成为蒙古族作家中用汉语描写西方世界的开先河者。19世纪末，摇摇欲坠的晚清政

---

① 〔美〕英克尔斯：《人的现代化》，殷陆军编译，四川人民出版社，1985，第22页。

府不得不放下"天朝上国"的身价，向西方国家投去学习效仿的目光。自19世纪60年代到20世纪初，清政府曾经组织过三次大规模的出洋活动，第一次是1868年的蒲安臣使团出游，其余两次分别在1887年和1905年，另外还有几次不具规模的出洋活动。凤凌1894年的出游声势不大，因而一直没有引起太多的关注。1985年，由中华书局出版、钟叔河所著的中华近代文化史丛书之一《走向世界——近代中国知识分子考察西方的历史》，非常具体地对19世纪中叶到20世纪初走出国门的知识分子进行了梳理研究——此书现在成为学者们研究晚清域外游记的参照，但凤凌却不在其中；至于其他研究资料，对凤凌更是鲜有提及。

根据《四国游记》记载，凤凌随龚照瑗"二十年（1894年）三月初九日章京等自上海附搭法公司奥克绥司轮船启程，四月十九行抵法都巴黎"。

在参观了法国都隆海口及制造局、炮台等重工业基地后，他们于光绪二十一年（1895年）"法国差峻，应请往游英国"，由驻英三等参赞官兵部员外郎曾广铨陪同游历了英国乌立区官炮厂、格林呢趾水师学堂、亚鲁鱼雷船厂和阿摩士莊船炮厂等地方。光绪二十二年十月，龚照瑗一行到达比利时，参观了盎特来克造枪弹厂、廓格立尔大钢铁厂和利爱时省城外的官炮厂等。此行，凤凌分别写下了游历过程和游记篇章，其对各厂的记录详尽真实，语言流畅、生动，令人读来倍感轻松。因其不俗的文风，凤凌在蒙古族汉语写作文学中独树一帜，其文学及文化成就值得研究。

以下，笔者仅以《四国游记》中的部分篇章为例，来探究凤凌眼中的四方形象。

一　正面形象

法国当代比较文学学者亨利·巴柔认为，人们对待异域文化有三种态度：狂热，憎恶，亲善。① 凤凌作为晚清官派出洋官员，对待四国的态度自然是亲善的，因而异国文化在其眼中就成为以赞赏为主调的正面形象，同时融进了作者与本土文化的对比，以此成为对被注视者的补充。

英国是礼仪之邦，在凤凌的《英国乌立区官炮厂纪游》中可以看到，他们到达目的地后，出示护照，负责接待的英国都司对中国官员礼貌有加，其派英文翻译官随同游历，"门吏入为通报帮办，水师都司喜发出迎"。这位都司还礼貌地解释了本局总办因公赴伦敦不能陪同，遂派"守备多生陪游，即传多生入见。略谈数语与该都司握手告辞，该守备即陪章京等周游各厂"。其实，该守备不单单是陪同，同时还进行了详细的解说。在凤凌文中，看不到对方有"无可奉告"之类

---

① 孟华：《比较文学形象学》，北京大学出版社，2001，第175页。

的语言，其介绍英国与土耳其交战所获得的战利品时也十分详细："林内铜炮一尊置于铜架上……该守备谓曩时土英交兵乃获于土耳其也"。厂内有些弹药重地虽不能参观，但"非为机密起见，实存慎重之心"，以确保人身安全。在守备的全程陪同下，中国官员参观了乌立区官炮厂的置弹房、精工厂、木工厂、储弹厂、军需库、试炮场、造炮车车轮厂和锅炉房等，守备还提供了制造炮弹的详实的数据，详细介绍了工艺流程，给作者留下了深刻的印象。光绪二十二年（1896）十月，凤凌随龚照瑗到了比利时，该国外部大臣福佛罗侍郎李尔蒙更是尽显外交礼仪风范，"谓本国素与中国交谊敦笃，共等至此余等深幸，所有官商厂埠随意游观"（《比国游记》）。此前，他们在法国都隆海口游水师医院时，亦"早有医官首领率其副医迎迓"（《都隆海口》），这些国家的官员热情待客，礼仪周到，尽显大国风范，对此作者深有感触。凤凌将所见所闻进行客观记录，把西方礼仪引入中国，让极具文化优越感的晚清官员们如梦初醒。可以说在中国与西方国家间进行广泛的文化沟通和对话的初始阶段，凤凌对西方礼仪的记录增强了国人对西方文明的认同感。

欧洲的技术先进，现代化程度高，这让凤凌深有感触。他在《英国乌立区官炮厂纪游》中写到：枪弹的包装过去用纸，现在改用镍，因为镍"质甚轻较善于纸"；引爆地雷"或用电气开放，发无不中，实为裂地炸山之利器也"；木工厂制作火药箱桶产量很大,"该守备谓每礼拜能成桶四千余箱","各种铜帽每礼拜能成四百万枚",此等生产能力相当可观,如没有先进的设备,是不可能实现的。英国钢丝炮厂的技术更加先进,凤凌对此做了详尽介绍:"先造炮身,其身较平常之炮身稍薄,再用钢丝围绕……凡炮身绕钢丝其利有三,一则近今之炮弊在体重,改用钢丝可轻十分之一,若加其重数竟可减轻一半……渡江越岭其益良多;二则燃炮后炮身既热则必涨大,倘炮身质中,于制造时稍有差处,是必毁其原形,至此炮不能复用,甚至炸裂伤人,绕以钢丝,则身质各能退让如橡皮,然故炸裂之患稍减;三则制造亦稍简易"。文章不仅介绍了将钢丝绕炮身的先进工艺技术,而且将钢丝的作用也做了详细分析。如此高的技术含量,令英国守备倍感骄傲,一句"谓此法甚妙",其得意之形读者亦可察觉;同时,"至我国专门讲求制炮艺师亦皆赞美。"(《英国乌立区官炮厂纪游》)

与英国相比,比利时的现代化程度也不相上下,其中玛黎矿"开挖自一千八百五十七年,始系用压气之力开成井口,一千八百七十五年设机器一座,以蒸汽聚于中,权藉转各项机杆,是为比国各矿之首创新法"(《比国游记》);而法国则广泛使用机器代替人力,效率高,费用少,"至杂铁坊,是坊所做之件皆系船中应用各配件,如铁板则须修剪,铁钉则必镌纹以及铁眼压凹等事无不需机器,而机器花样百出,皆能从心所欲不逾矩，故人工减而出货多"（《都隆海口》）。由凤凌之记录，可以窥见西方国家技术之先进，现代化程度之高。

男女分工明确，做工精细是凤凌眼中西方工业的一个特点。比利时的盎特来克枪弹厂里男工与女工分工明确，"不相混杂"，而且根据男女工作的擅长项目安排相应的工种。女工"有截铝者，有压壳者，有称量者，只须置于机车之上，用心看守，以手推运而已"；"装药系用男工，只藉人力将壳倒置钢模，以药铺，用压车压之，随将其底封固，而子即成矣"（《比国游记》）。厂中有些地方使用未嫁女工，但她们只是在白天工作，而男工则不分白昼，每天工作 10 个小时。军工行业对做工要求非常严格，非精益求精不可，英国乌立区管炮厂制作"来伏线""其工最为精细，如稍错规则则前功尽弃，炮作废物，故人工薪水极大，非有奖励不肯充当是差"（《英国乌立区官炮厂纪游》）；英国凯那克厂是专门制造军火的大厂，"此厂精选良工专心致志，凡遇有大批军火限期即可速成且保百不失一所以然者，此厂有专造猎弹之良工并造军火之大匠，遇此大批军火即拨此项工人制造，速而且精，此亦是厂争权致盛之一端也，自来英国制造军火无不精益求精"（《英国凯那克造弹有限公司》）。

尊重人才，重视教育，管理人性化，亦是凤凌在参观中的重要感受。他在《英国福尔资钢铁厂》篇章中写到："且以器械之精良虽曰物质非赖人力哉，顾有浑坚之质必赖有能

第四章　异域文化影响下的蒙古族文学

陶铸之人，有陶铸之人然后能成精巧之器"。比利时的盎特来克枪弹厂里有一姓"格勒纳"名"阿度尔夫"的工程师，被称为领袖。此人学问渊博，精通各种技艺，因此备受器重，威望极高，被各股东推举为该厂总办。在他的精心管理下，盎特来克"厂业日隆"；更为重要的是，他十分重视对工人的培训教育，管理非常人性化，规定工人每天工作不超过 10 个小时，以确保他们的休息和饮食的时间。这个工厂虽雇用童工，但不满 14 岁不能入厂，满 14 岁的童工即使已入厂工作，每天也必须到学校读书一小时，每年还得参加考试，成绩优异者给以奖赏；能入厂工作的工人"须能念书写字"，因此厂子设有学堂，专门培养工匠子弟，工厂还出钱聘请名师为他们"督课"。此外，工厂还建有医院，专门"收养病工，孤院以收孤子，其承充照料之役者为天主教中守洁善女，药房所备药料不特施给工人，即其家属亦一体均沾"；"男女各工如或患病，由厂延医给药，如或受伤，除医药由厂承认外，仍复照给工资，藉资贴补"（《比国游记》）。观于此，作者不无感慨地说，"美善尚多，不及备译"。由此可见，比国工厂周边的配套设施已相当完善，其人性化管理令人羡慕。凤凌对西方国家的这些观察和了解，本应对摇摇欲坠的晚清政府给以相当启示，只可惜，凤凌的《四国游记》在当时并没有引起足够的重视，所产生的影响也是有限的。

二　负面形象

作家在塑造异国形象时，并不是对现实的完全复制，而是要筛选出他需要的成分进行描述。亨利·巴柔将异国形象看作是"社会集体想象物"，这种想象物带有一种深刻的双极性，即"认同性和于此相辅相成的相异性"①，相异与认同相对立，同时也相补充。《四国游记》给国人展现了一个从未见过的新鲜世界，大大开阔了中国人的视野，开启了人们的思想，同时，凤凌也把西方资本主义国家相异于中国的另一面做了描述。

首先是西方资本主义国家盛行已久的重商主义。资本家是唯利益至上的，受"以农立国""重农抑商"思想影响深远的中国人面对资本家的商业智慧则一时不知如何应对。《比国游记》中写到，凤凌一行见到比利时外交大臣福佛罗侍郎苇尔蒙，此臣热情寒暄之后说道，本国的军工厂产量高，质量好，出口美国，价值从廉，"商务日隆，贸易之华人往来甚多，今虽拟添派领事而大利仍未获于中国，倘能于此并建丝茶商厂，但有交涉，华比各商觌面，商办不假于英人，庶免从中夺我利权，则大利自归于中国"。其言辞恳切，希望凤凌

---

① 孟华：《比较文学形象学》，北京大学出版社，2001，第 121 页。

回国后把此意上报给皇帝。面对突如其来的商业谈判，凤凌一时语塞，"唯唯答以久仰贵国制造新奇，现为时日所迫，不克久待"，表达了由于时间所限，而他们想参观的工厂又多，所以没有时间进行商业交流。随后，该外交官便委派导游陪同参观，比国人圆滑的外交辞令和精明的商业头脑是凤凌等晚清知识分子不能比及的。19世纪末20世纪初，正值西方国家经济迅猛发展的时代，因此商人得到普遍重视，官商义利结合，追求利益最大化不论从法律还是道德角度都是顺理成章的。这种状况对于晚清那些初出国门的知识分子无疑感到非常陌生，作者虽未做主观评论，但文字中对比国人的唯利益至上观流露出的不屑之情令读者亦能明显察觉。晚清有些出洋官员对西方国家的商业制度倒有比较开明的见解，认为应该学习西方的重商制度，发展商业以达到富国的目的，这些人被称为"重商派"。比如薛福成就在游记中多次提到中国发展商业的迫切性："夫商为中国四民之殿，而西人则持商为创国造家、开物成务之命脉，迭著神奇之效者，何也？盖有商，则士可行其商也。此其理，为从前四海之内所未知，六经之内所未讲。而外洋创此规模，实有可操之券，不能执中国'崇本抑末'之旧说以难之……若局今日地球万国相通之世，虽圣人复生，岂能不以讲求商务为汲汲哉！"[①]

---

① 钟叔河：《走向世界丛书》，岳麓书社，1985，第82～83页。

其次，涉及了能源危机问题。凤凌等人参观比利时廓格立尔大钢铁厂（该厂是比利时第一大厂）的时候，陪同参观的兵官爱克司丹谓"欧洲诸国所用煤铁日甚耗繁，但凡山谷矿产庶几搜罗殆尽，再逾数百年后当购取于中国矣"（《比国游记》）。欧洲国家在大力搞经济建设的过程中消耗了大量的能源，当他们出现了严重的能源危机时便把魔爪伸向了中国。煤炭是不可再生资源，比国官员直言百年后需从中国购取煤炭倒是坦率，但听起来不免让国人心中添堵。

再次，这些工厂大量使用童工、女工。作者了解到，比国工厂中所用女工的比例占到一半，但她们每天的报酬却只是男工的一半。比利时利爱时省城外的官炮厂的造子门（即制造子弹的地方）有"女工千名，专造枪管枪弹未经配成之件割截剪磨等事，并装火药于弹中，日得工资二方四十生至三方之工价，男工一千五百名，内以枪管枪弹校正，配门者千名，司卷压者司机器者共四百名，作粗工者百名，每工日得工资三方至六方"（《比国游记》）。比利时一个叫作哥拉的煤矿情况亦如此。女男同工却不同酬，西方国家中妇女地位低下不受重视可见一斑。

官员的身份对凤凌认识西方社会有很大的影响，这决定了他注视西方时带有民族——国家的立场，而没有真正体察到西方社会普通人的生活状态。尽管官派出洋官员虽然对于西方形象的认识是局部和一维的，但他们的游记为中国人认识西方社会提供了非常有价值的参考,从这一点说,他们自觉不自觉地充当了中西文化交流的媒介,在中西文化交流史上写下了浓墨重彩的一笔。

(文中所引内容均出自凤凌《四国游记》,石印本,清光绪28年[1902])

第二节 萨空了对西方艺术理论的接受

萨空了(1907~1988)是一位"准备和乐于接受他未经历过的新的生活经验、新的思想观念、新的行为方式"[①]的现代人,新中国民族文化工作的开拓者,也是20世纪中国文化领域中一位非常有影响的人物。然而,新闻领域的巨大成就掩盖了萨空了的文学才华及理论贡献,他带有自传色彩的爱情小说《懦夫》(香港大千出版社出版,1949年)和纪实散文《由香港到新疆》(新华出版社,1986年)、《香港沦陷日记》(三

---

① 〔美〕英克尔斯:《人的现代化》,殷陆军编译,四川人民出版社,1985,第22页。

联书店，1985年)、《两年，在国民党集中营》（中国文史出版社，1985年）及论著《科学的新闻学概论》（香港文化供应社，1946年）、《科学的艺术概论》（香港春风出版社，1943年）都是其文学和文论才华的体现。其中，《科学的艺术概论》就建立艺术哲学的必要性、艺术和美的一般常识、艺术与社会的关联、新艺术建设的启示、艺术遗产的批判接受及艺术的内容与形式等问题做了系统阐释，虽然有些认识略显不足和"着急"，但为从事文艺研究的学者们留下了宝贵的借鉴材料。

一 艺术哲学的重要性

"艺术哲学"的概念是舶来品，萨空了看到当时中国从事艺术并为艺术献身的人不少，但艺术界却出现了一种"混沌现象"，大多数人在盲目崇尚"偶像主义"，缺少理性思考，因此，他提出建立艺术哲学的紧迫性和必要性。20世纪初期，中国被西方帝国主义用现代化武器撞开大门后，各种艺术流派似洪水般涌入，让刚刚睁开眼睛的国人受到了强烈的视觉冲击，辨不清孰好孰坏，孰伪孰真，"中国想献身艺术界的青年们面对着这些庞大广漠的艺术遗产，真像一群饥民突然撞入了一个藏有世界珍馐的食物仓库"[①]。萨空了着眼于民

[①] 祝均宙、萧斌如：《萨空了文集》，上海科学技术文献出版社，2002，第255页。

族艺术的独立和自强,清楚地看到了西方艺术的殖民带来的艺术滑坡现象,体现了他的启蒙意识。

萨空了主张从"哲学"层面着手解决"混沌现象",因为哲学是一切科学的基础,更是"一切艺术之母"。他的艺术哲学观是从托尔斯泰的《什么是艺术》(又译《艺术论》)中得来的,他主张中国艺术界的同仁要对托尔斯泰的艺术观做批判的继承,因为托氏的艺术观并不完全科学,而且"他的主张有许多点成问题"。他看到了托尔斯泰的艺术观是"接近科学的最有成就的一种",但也看到了它的缺陷和不足,因为托尔斯泰对文艺本质的理解同他全部的世界观一样,是基于宗法制的立场,具有宗法制观点的偏狭和武断。萨空了能够辩证地看待托氏的观点,体现了他艺术理论的成熟和艺术思想的进步。萨空了精通英语,他常与世界名流接触并深受西方思想的影响,因此他呼吁建立艺术哲学,以拯救当下艺术窒息甚至濒于灭绝的危难之境,并把它上升到解放人类的工作高度,这体现了他的现代意识。

然而,萨空了只是强调了建立艺术哲学的重要性,"我们要加紧作这种研究,因为中国的艺术界现在已走入窒息而濒于绝灭的道路,只有这研究等于给它输送氧气,使它更生,使它的活力一天比一天健旺,使它能在解放人类的工作中克尽它应尽的任务"[1],但

---

[1] 祝均宙、萧斌如:《萨空了文集》,上海科学技术文献出版社,2002,第258页。

是对于当时的中国现状如何建立艺术哲学和究竟什么是中国的艺术哲学这些问题都没有做出更进一步的解释。

二 艺术的本质

萨空了认为,人类的艺术行为是一种社会现象,这一观点的建立也是在批判继承托尔斯泰的艺术观的基础上实现的。托尔斯泰认为,"艺术是人类之间的一个交通手段……这交通,和凭言语的交通不同的特殊性是,凭言语,人将自己的思想传给别人;凭艺术,人们互相传递自己的感情"。托尔斯泰还将艺术从美的范畴中剥离出来,认为美不是艺术,从而使艺术独立并获得了新生,产生了新的意义。对于这一点,萨空了是认同的。但是,托尔斯泰的艺术观来源于宗教意识,所以萨空了明确指出:托氏的艺术观"离真理仍有相当的距离"。那么,真理到底在哪儿?艺术的本质到底是什么?萨空了转而求助于普列汉诺夫——他采用了普氏对托氏修正了的观点,即"艺术是社会现象"。普列汉诺夫说:"据托尔斯泰的意见:'艺术起源于人类为了传播自己所经验过的感情给别人,因而重新把那感情由自己的内部唤起,用一定的外底记号加以表现的时候。'但我想,艺术是起源于人把'在围绕着他的现实的影响之下'他所经验了的感情和思想,再在自己的内部唤起;而对于这些,给以一定的形象的表现的时候……艺术是'社会现象'。"① 萨空了承认,"人类的艺术行为,不能否认的也就是一种社会现象"。

萨空了从唯物论的角度对托尔斯泰的宗教艺术观做了批判,又从社会生产形态决定论角度谈论了什么是美,什么决定了美感的产生。在托尔斯泰那里,美与艺术决裂了,但艺术离不开美感。那么,什么决定美感的产生呢?"文明人的美的概念虽是极错综和复杂地组织而成,但是仔细寻求,依然可以证明它是间接凭依着社会生产形态的。"他从社会生产的角度做了一系列的举例论证,得出一系列结论,其可以简单概括为:1. 艺术仍然是人类情感的传达;2. 社会生产决定了美感的产生及美的标准;3. 成功的艺术品所传达的情感在受众那里能够实现共鸣。萨空了综合了托尔斯泰和普列汉诺夫的艺术观,将悬空的艺术的基本概念降落到人类的实际生活中,体现出了科学性和普适性。

三 对"艺术派"与"人生派"的辨析

五四运动之后,中国社会掀起了"为艺术而艺术"与"为人生而艺术"的争论,萨空了对这一现象做了很深入的分

---

① 祝均宙、萧斌如:《萨空了文集》,上海科学技术文献出版社,2002,第 263 页。

析。首先，他认为中国对于西方艺术潮流和艺术理论的模仿是形式的、皮毛的，其机械地嫁接过来的艺术潮流和理论并没有适应中国的艺术土壤，因而没有产生有价值的成果，甚至导致一部分艺人对西方艺术产生迷信崇拜，从而在中国产生"艺术论"与"人生论"的不同流派——这些流派在西方当时就是对立的，搬到中国来也是对立的。萨空了认为，中国的艺术要想从模拟阶段上升到创作阶段，仅仅依靠掌握技巧远远不够，即使理论知识与技巧都有了相当的修养仍然不够，必须要科学地把西方的理论中国化并与中国的环境充分结合，使之在中国社会中发生作用，"进一步使这些概念在活的事实上获得运用的佐证，尤其要针对着中国当前的环境来立论"[①]。

其次，"艺术论"与"人生论"的争论要比单纯介绍、模仿西方艺术流派又进了一步，但仍然没有摆脱来自西方的流派之间的非此即彼、不能共存的模式。萨空了认为，即使是在革命年代，"为艺术而艺术"不一定就是反动的，"为人生而艺术"也不一定是绝对正确的。他以普希金为例，论证了一个艺术家可能某一时期是主张"为人生而艺术"的，某一时期可能又会主张"为艺术而艺术"，从而得出如下结论：

[①] 祝均宙、萧斌如：《萨空了文集》，上海科学技术文献出版社，2002，第280页。

"'为艺术而艺术'的倾向是在艺术家和围绕着他的那社会环境两者之间，存在着不调和的时候发生的"。

再次，萨空了认为，"艺术论"与"人生论"不是绝对对立的，而是交叉存在的。"艺术论"者所追求的那种"美的理想"是离不开他所生活的那个阶级、社会的发展和存在的历史条件的；"人生论"者也不一定都是具有革命思想或进步思想的，甚至有些"人生派"的艺术家也可能与反动势力相联合。因此，不能把艺术简单地划分为"艺术论"和"人生论"两派，也不能简单地断定哪个流派更适合今天的艺术发展形势，学者要具备科学的观念，看清艺术的发展是随着社会的发展而变化的。

四 依据社会性质建立艺术纲领

萨空了认为，社会生产是决定艺术发展的根本动力；欧洲的艺术界在走下坡路，他们找不到新的元素，是因为资本主义社会已山穷水尽，而给艺术界带来柳暗花明新村的是苏联十月革命后的政治制度，是新的社会生产方式给艺术带来了新的生命。因此，科学地把握社会性质树立艺术工作纲领是中国艺术家们亟待研究和解决的问题，苏联建设艺术之路的成功经验值得中国的艺术家们借鉴。

那么，苏联是如何把握社会性质树立他们的工作纲领的呢？《苏俄的文艺论战》和《文艺政策》充分探讨了当时苏联的文艺状况和政策。虽然苏联当局仍是工农专政的政治格局，但对艺术工作却相当宽容，给了艺术家们充分的自由，在制定艺术政策的时候，当局充分听取了各个流派的意见，尤其是对立双方的意见。苏联当局的重点是扶持无产阶级艺术家，反对艺术家的自负心理；对"同路人"要宽容和忍耐，主张自由竞争；对于中立的艺术观，要持宽容坚忍的态度使其逐渐改变立场。萨空了举苏联梅耶荷德剧场和莫斯科艺术剧场对立的例子说明苏联当局对对立的双方非但没有采取非此即彼的策略，而是让他们最大限度地自由竞争，而优胜劣汰的法则会自行做出裁决。苏联当时的人民教育委员长卢那卡尔斯基的艺术观代表了苏联当局的观点，他认为社会发生急剧变革，艺术家的思想产生很大波动，有些艺术家不适应时代会精神颓丧，卢那卡尔斯基告诉艺术家们，社会主义建设初级阶段百废待兴，但政府会给艺术家们最大的经济支持和精神自由，新社会会产生"艺术的集团"，共同建设人类的理想。

萨空了对苏联的艺术政策做了详细分析，他举了很多例子，意在说明苏联自建国以来在艺术上取得了很大的收获，其原因就是苏联当局能从科学的观点把握社会性质从而建立艺术工作纲领，这非常值得中国借鉴，但不能效颦模仿，因为艺术的发展不能与社会相分离；中国的艺术家可以参考苏联建设艺术的经验，但必须依据中国的社会性质，这样才体现出苏联的参考价值。基于当时中国艺术界容易盲目模仿的弊病,他一再强调艺术要与本国的社会性质紧密结合,必须做到具体问题具体分析。

五 中国传统艺术发展的局限性

萨空了认为,中国的艺术虽有其独特的传统,可是漫长的封建社会大大限制了它的发展。在文学界,知识分子的明哲保身使得中国文学萎缩,仅少数作品涉及民生疾苦,而倡导反抗、革命的人几乎没有,即使是《水浒》这样的有反抗思想的小说也是靠招安平方腊而得以保存;另外,语言形式也受到了很大限制,老百姓与文言正统文学绝缘,口语词汇不丰富;在绘画界,中国封建社会的绘画作品大多是文人画,名画不多。这其中汉代遗留下来的画品少而又少,唐代文人画品较多,宋以后绘画则步入颓废时代。在雕刻界,工匠卑下的地位影响了雕刻的发展,且因受佛教影响太深,创作出的成品与人生题材距离甚远,因为"宗教的意识形态不只限制了中国雕刻向人生方面的发展,且限制了它在宗教教义之内的技术方面的发展"[1]。在这种情况下,雕刻技术只是停留

---

[1] 祝均宙、萧斌如:《萨空了文集》,上海科学技术文献出版社,2002,第 320 页。

在静的表现层面上缺少动的元素。同样中国的建筑行业也是受制于封建社会的阶级体制、宗教的遁世观念和社会的不安定，以致进步极为有限；音乐、舞蹈、戏剧情况也都雷同。

值得注意的是，《科学的艺术概论》是萨空了在监狱里写的，由于没有足够可供参考的文献资料，特殊的境遇影响了作者对中国艺术的看法和结论，因此萨空了对中国传统艺术受制于封建社会的分析不免以偏概全。但是萨空了对中国传统艺术也不是一棍子打死，"我们自然不能一笔抹煞那所有的成就"，他说，但"沿着旧路发展之无希望是已很明显了"。他认为，中国的社会环境已经发生了巨大的变化，旧的文学艺术显然已经跟不上时代的发展，因此，艺术家们不必为落伍而沮丧，而应该随着社会的新发展建设新的艺术发展之路。对艺术遗产，萨空了坚持批判地接受，"艺术不能离开人类的传统而发展"，但更重要的是，吸收时代精神才能创造出时代的艺术，进而产生新的艺术哲学和新的艺术史，这样，中国的艺术才能看到曙光。萨空了的对中国传统艺术的看法是与时俱进的，无疑也是进步的。

六　内容与形式的辩证统一

萨空了主张建立适合民族要求的艺术——新艺术，但是新艺术不是简单地把中西艺术的形式合在一起，也不能认为内容就是艺术的全部。所以，关于艺术内容和形式的关系，萨空了又做了进一步论述。

首先,萨空了对割裂内容和形式关系的艺术观点进行了批判。有些艺术家认为艺术只是形式,把中西艺术形式结合在一起就产生了新的艺术品,这显然是错误的;反之,把艺术的内容当作艺术的全部,则会产生刻舟求剑式的笑话。

其次,萨空了提倡建立中国所要创造的民族艺术,具体地说,就是"新的民主主义的内容,民族的形式"。萨空了认为,新的民主主义是要使中国的民族平等,民权自由,民生幸福,现阶段的中国艺术的内容自然也应以这三点为依归。他进一步解释说,艺术的内容是三民主义的,但不是简单的说教或宣传,凭直感能达到统计学和伦理学所不能达到的效果,他以肖洛霍夫的《被开垦了的处女地》为例,说明高明的艺术家不会做简单的说教,而是先具备了深刻的理论认识再进行深入的社会体验,从而把人类的社会生活经过他个人的艺术而反映出来,并感染他人和结合他人,最终实现了艺术的社会价值。

内容是新的,直接决定了形式必然也是新的;但形式又不完全由内容决定,还有其他条件,比如思索、思想交流的手段、心理习惯、生活方式、物质文化水平、外国的影响等。还有,物质的特性也可以决定形式(中国建筑的发展与以木材为主有极大的关系),但新的形式一定是民族的形式,即艺术的"大众化"或"通俗化"。实现艺术通俗化的途径不是降低艺术标准去迎合大众的文化消费心理，恰恰相反，而是要提高民众的文化水平去欣赏艺术，欣赏水平提高了，艺术的教育意义和价值也就能够充分体现了。

最后，萨空了再次强调了艺术内容和形式的关联。"艺术的内容和形式是有区别的两个东西，而又是有机的关联着的一个东西；是对立的，而又有机地统一着。"① 他认为，单纯地主张内容和形式是一体的，就是造成形式吞没了内容或内容吞没了形式的结果；如果以为两者是机械的对立的，就会产生任何一个内容随便加上一个形式就产生了艺术品的另一个极端结果。

客观地讲，受生活年代和所处环境所限，萨空了的艺术观不可能完全"科学"，但是他得出的结论和提出的建议对20世纪中国艺术百废待兴甚至中国"没有艺术"的境况起到了非常大的建设性意义。更为可贵的是，他的艺术观带有民族感情。"在中国，我们说民族的形式在大汉族主义的影响下，以为我们只可能有一种民族的形式，这错误也应该自行警惕。"② 萨空了一生都在践行着他的民族观，都是在为少数民族的文化事业奔波。中国的文学艺术原本就是多元的，萨空了的艺术观充分地体现了这一点。

---

① 祝均宙、萧斌如：《萨空了文集》，上海科学技术文献出版社，2002，第348页。
② 祝均宙、萧斌如：《萨空了文集》，上海科学技术文献出版社，2002，第346页。

第三节　创伤理论视角下萧乾短篇小说的儿童书写

19世纪60年代，欧洲开始了对创伤概念的研究，到20世纪，经弗洛伊德、约瑟夫·布吕尔、莫顿·普林斯和皮埃尔·贾内等人的发展逐渐趋于成熟，并在世界范围内产生了很大影响。20世纪70年代，研究越南战争退伍军人的学者们在此基础上提出了"创伤理论"，他们的视角集中在幸存者、妇女与儿童、难民等弱势人群，关注他们所遭受的创伤和痛苦。此后，创伤理论从心理学和精神分析学扩展到文学、历史学、社会学等各个学科，成为文学文化研究的一个热点。20世纪末以来，美国比较文学著名学者凯茜·凯鲁斯的一系列重要成果以结构主义的视角又将创伤理论研究推到了风口浪尖。《创伤：探索记忆》（1995）、《沉默的经验：创伤、叙事与历史》（1996）、《历史灰烬中的文学》（2013）及《倾听创伤》（2014）等均产生了强烈的社会反响。她纠正了当下创伤理论研究中的错误争论，从历史性的角度将研究向前推进了一步。凯鲁斯将弗洛伊德《超越快乐原则》《摩西与一神教》中对于犹太文化的创伤性理解做了进一步的阐释,认为人的生活中总会产生各种各样难以言尽的痛苦,这些痛苦超越了人的控制能力,像噩梦一样时时袭击着人的肉体和精神。比如,人遭受了突如其来的灾难性事件,在当时是难以直接感受到它的巨大伤害的,但在事后常会产生幻觉,伤痛会在某些机遇中不断袭上心来。她认为,创伤是不能被认知的,但是能够通过语言运作来"见证"。身体上的创伤可以治愈,但是心灵上的创伤时时卷土重来,成为人类无意识中的一个难以解开的心结,此后人类的日常过往无不笼罩在它的阴影之下,其令人压抑甚至绝望。"事件在当时没有被充分吸收或体验,而是被延迟,表现在对某个经历过此事之人的反复纠缠之中。蒙受精神创伤准确地说就是被一种形象或事件控制。"[①] 进入现代社会以来,来自战争和穷困生活的创伤更是以前所未有的广度和深度影响着人类的生活,对创伤的精神上的反刍,恰恰是对暴力、伦理、伤痛的最好思考,因而得到了人类特别是文学艺术家的强烈共鸣。

一 创作之源:作家童年的创伤性经验

作家的精神创伤往往来自他们童年不幸的生活经历。弗

---

① 〔英〕安妮·怀特海德:《创伤小说》,李敏译,河南大学出版社,2011,第5页。

第四章 异域文化影响下的蒙古族文学

洛伊德就以童年的遭遇在他的《精神分析引论》中给"创伤性经验"下了定义:"一种经验如果在一个很短暂的时期内使心灵受到一种最高度的刺激,以致不能用正常的方法谋求适应,从而使心灵的有效能力的分配受到永久的扰乱,我们便称这种经验为创伤的。"[1] 现实的压力会使人产生想象和幻想并作用于艺术活动,艺术家经历的家庭及个人的种种不幸是日后恐惧发生的内在原因,会形成易于幻想的性格和个性自由精神,这恰好是对于创作非常重要的两方面,于是创伤便与文学的特质建立了因缘关系。艺术创作这一行为能够很好地将创作主体的种种情绪宣泄出来,并使它产生强烈的价值和社会意义,从而使作家求得精神和心理上的平衡感,创伤性经验也得以升华。作家童年时期所遭受的创伤是一种深刻而持久的痛苦,尽管随着年龄的增长痛苦感会逐渐淡化,但是仍旧挥之不去,这深深地影响了他后期的文学创作。作家的创伤性经验对创作的影响主要体现其在作品中塑造的形象大多带有作家自身的影子,作家往往通过创伤性书写来表达对自己不幸身世的慨叹,所谓文如其人。譬如,希区柯克 4 岁时被警察关进牢房,张爱玲 10 多岁时被父亲软禁长达半年,莫言童年时期对饥饿的体验,萧乾幼年寄人篱下的生活

---

[1] 〔奥〕弗洛伊德:《精神分析引论》,高觉敷译,商务印书馆,1984,第 216 页。

遭遇，等等。这些创伤性事件对于一个儿童来说，完全没有心理准备并大大超出了他的承受能力。希区柯克恐怖神秘、张爱玲人伦纠葛和亲情异化、莫言挑战人类生存极限、萧乾描写儿童苦难生活之类的作品，无不深深地打上了他们童年时期创伤性经验的烙印。

弱势群体，如妇女、儿童无疑是作家借以表达创伤的最佳载体，创伤境遇中的儿童常常处于孤独、焦虑和恐惧之中，他们甚至会产生暴力崇拜和死亡情结，这就为作家以儿童为视角进行创伤性书写提供了契机。作家原本就是具有"童心"艺术气质的诗人，常有一颗赤子之心。作家的童心与精神创伤之间有着紧密联系，创伤性经验是其童心形成的主要因素。通过文学作品表现其童心的作家，恰恰不是那些生活相对顺遂，内心充分平静的人，而是那些历尽坎坷、饱经忧患、内心激荡着各种情感波澜的人。萧乾饱受创伤的童年经历就成为他一系列儿童题材短篇小说重要的创作素材。

萧乾出生在北京一个贫苦的蒙古族家庭，父亲在他出生前就离世了，他从小就饱受来自他人"暮生儿"的嘲笑和侮辱。他和母亲不得不寄居在三叔家，小小年纪的萧乾寒冬腊月被迫为堂兄研墨，手背被冻皲裂，渗出的血甚至都结了冰；因为上学交不起学费，挨板子成为他的家常便饭；身处20世纪初的中国，少数民族的身份也令他痛苦不堪。他经常被小朋友们追着喊"鞑子"，以至于他长期缺失民族认同感："我属于什么民族,也是一笔糊涂账!"14岁时被抓进了监狱,审问、毒打以及枪毙的恐吓令萧乾心惊胆战。饥饿、贫穷、漂泊、孤独、凌辱、歧视以及寄人篱下的生活让萧乾尝尽了人世的艰难与痛苦,他在《一本褪色的相册》中说:"记忆中的童年,总是笼罩着一种异样的色彩。甚至过去的痛苦,也有别于现实生活中的痛苦。就像一个人抚摸自己的疮疤:没有了生理上的疼痛,剩下的却只是一片仿佛还颇值得骄傲的平滑而光润的疤痕"①。如此破裂、伤痕累累的童年生活,催生了萧乾笔下许多令人悲悯的苦难儿童:《篱下》中投靠姨家却被道貌岸然的姨父赶出家门的环哥,《矮檐》中寄居在婶婶家没有炉子取暖半夜冻得睁着眼直打哆嗦的乐子,《昙》中寄居在牧师家而被同学诬陷为"奸细""洋孙子"的启昌,《小蒋》中寄养在舅舅家心理变得扭曲了的小蒋,《落日》中目睹母亲离世的乐子,等等。他们共同的特点是父爱缺失并且孤独、漂泊无归宿感。对于幼年的萧乾来说,最可怕的是死亡带给他的恐惧。他曾亲眼看见过一个白俄人饿死在街头,以致若干年后仍惧怕当一个无国籍的流浪汉。

对宗教的创伤体验深深影响了小说《皈依》的创作。萧乾目睹过教会的舍监对一个无辜的女生进行的惨无人道的惩罚:用沾满肥皂的牙刷搓洗她的嘴和喉咙,刷得鲜血直流。

---

① 萧乾:《萧乾短篇小说选》,人民文学出版社,1982,第1页。

也见证过姑姑由一个不受欢迎的穷亲戚变身为通身闪着灵光的活菩萨,半夜经常发出令人毛骨悚然的声音,他被吓得窝在被窝里瑟瑟发抖。他也在信佛的堂兄朝香过程中体会到了宗教的残酷,有的人为表示虔诚在炎日下一路爬行,膝盖血肉模糊,露着骨头;更有甚者,纵身从悬崖跳下去,以性命表达对宗教的虔诚(实则宗教狂热)。他还看到农村信徒做礼拜时,用头使劲撞在面前摆好的砖头上,鲜血淋漓,然后像疯子一样狂喊乱叫。宗教带给他的压迫、凌辱和创伤,反映在小说《皈依》里。《皈依》里的妞妞差一点皈依到"救世军"中,最后被哥哥拉了回来。这些儿童的创伤性经验和处境是作家借儿童形象对自身的经历进行的历史回顾,也是其自我救赎。

二 创伤症候:孤独漂泊、俄狄浦斯情结与异常认知

人类心灵深处孤独、漂泊的无归宿感来自对现实生活的焦虑感,儿童亦然。弗洛伊德将现实的焦虑描述为是对危险即来自外部的预料到的伤害的反应。辩证地看待孤独,"有益的孤独"是人类主动追求的,它是有助于个体的精神发展的;而通常意义下的孤独是"有害的孤独",是情势使然,是人类缺乏最不可或缺的情感交流和伦理营养所导致的精神的萎靡和失群的悲哀,这种孤独与"自卑""忧伤""失意"紧密相

连。萧乾笔下儿童的孤独自然属于后者。《篱下》中环哥活泼好动的天性很快就被寄人篱下的委屈与孤独感所替代,"他呆呆地倚着床沿,开始感到这次出游的悲哀。他意识到寂寞了。热恋了两天的城市生活,这时他小心坎懂得了'狭窄'、'阴沉'是它的特质";他想念家里体己的黄狗,黄昏中一仰一俯向他点头的高粱,豌豆地里的螳螂,还有好朋友二秃子。生活在寂寥孤独、钢筋混凝打造的城市里,环哥听不见牛鸣和田歌,他拿讥讽他没有爸爸的表弟撒气,但是深沉的悲凉感却挥之不去。《矮檐》中寄居在婶婶家的乐子与环哥有着相同的境遇,他的孤独和悲凉感来自身边的人的漠视和讥讽:每天早晨上学前他都要对婶婶拱手作揖,可对方却"连哼声也没有";大年初一穿着新衣去舅母家拜年,却被讥讽得满脸红涨,至此再不愿走进舅母的家门。《落日》中乐子的孤独来自母亲的离世,孤独与绝望中的乐子抱着妈妈冰凉的身子只能隔着眼泪体味这个冰凉的世界。让一个幼小的心灵经历最亲的人的离世从而终身笼罩着死亡的阴影,没有比这更残酷的了。作家童年时期所经历的创伤性经验以及对创伤的感知,就像"黑洞",不仅挥之不去,反而会极大地影响他的意识活动,最终产生想象即艺术创作。作家的特殊身份能够借助"想象"使他的童年记忆当下化,又通过创伤性叙事将记忆转化成文学创作这一行为。萧乾正是通过艺术创作将自身的创伤性经验所造成的孤独感投射到作品中的儿童身上,企图通过写作这种想象活动来摆脱孤独，在孤独中寻找某种慰藉。但事实上，萧乾笔下的孤独的儿童却加深了作者自身的孤独感。

　　个体的心理承受能力不同，对外界刺激所产生的精神创伤体验的程度也不同。相比成人，儿童对创伤的痛苦体验更甚。对成人来讲不过是区区小事，可是对儿童就可能会产生终生难以愈合的创伤。弗洛伊德将精神创伤归结为"俄狄浦斯情结"，在他看来，一个人的创伤是他童年时期与他的父亲关系紧张造成的。精神创伤是与家庭文化乃至社会文化密切相关的一种心理现象，对于儿童，他具有的主要人际关系是他与父母的关系，在儿童的幼小世界里，父母为他遮挡着来自社会这个大世界的风风雨雨。萧乾笔下的儿童，大多是缺失父爱的，因为萧乾的生活就是缺失父爱的不幸生活，"每个孩子都有爸爸，而我只有位寡妇妈"[1]；"关于那位我从未谋过面的爹，我连张照片也没见过"[2]。因之，他笔下的儿童要么没有父亲，要么有父亲但没有父爱。《篱下》中环哥的父亲一年中有半年不在家，一回家就要跟妈妈吵架，"吵着吵着，一只粗碗向妈头上砸去。妈忙用胳膊搪开。妈的头发勒在爸的手里如一束胡麻"。被父亲赶出家门的母子俩不得不寄居在城里的二姨家，"二姨夫"的形象隐射了环哥心中陌生而毫无

---

[1]　萧乾：《萧乾回忆录》，中国工人出版社，2005，第5页。
[2]　萧乾：《萧乾回忆录》，中国工人出版社，2005，第8页。

好感的父亲形象。这个"二姨夫"极尽道貌岸然之能事，一边撵他们走一边仍用极温善极有礼貌的语调说，"地方有的是。都是自家人，干么这么忙着走？""二姨夫"的不近人情更加间离了环哥和父亲的关系，陌生化了父亲在他心里的形象。《俘虏》中的荔子也有一个粗暴的父亲，爸爸勒着妈妈头发狠揍的可怕行为给她幼小的心灵埋下了创伤的情愫，以至于她对所有的男性都有陌生感甚至非常排斥，见了不快意的男人，就会狠狠地学着妈妈的样子骂一声"讨嫌的"。《花子与老黄》中的七少爷与父亲也有距离感，父亲派老黄接送他上学，他认为这是对他的监视，他对父亲的感情远比不上对黄狗"花子"的感情。"不过我不敢跟爹爹拧。好家伙，谁惹得起他那铁巴掌"。在一个家庭里，父亲扮演着非常重要的角色，这是一个孩子健康成长的力量源泉。父爱的缺失，会导致儿童认知发展受阻、产生明显的个性缺陷、情感障碍比例加大、体格发育障碍等负面效应，会让孩子产生软弱、感伤、忧郁、阴柔、自卑的性格气质，让他们没有办法摆脱对母亲的依恋。在弗洛伊德看来，父母在一个人的童年时代的心理上占有很主要的位置，对双亲之一产生深爱而对另一方深恨，并由此会形成开始于童年时期的永久性心理冲动。每个人都有这样的心理症，只不过是"日后变成心理症的孩子，在对父母的喜爱或者敌视方面，将一些正常儿童心理中较不明显、较不强烈的因素也是明显地表现出来了"①。儿童在父权制话语的枷锁中产生了人性的扭曲,不得不打上深深的俄狄浦斯情结烙印。

儿童的创伤性经验会从不同方面影响着他们的认知,以致造成认知异常。非正常的认知活动会表现出高度的奇异性特点,进而使他们产生认知的敏感度。危险情境作用于儿童身上,就会在儿童的生理和心理产生一种特殊的情绪状态,个体就会调动自身的全部能力来适应变化了的环境,认知活动的敏感度就会增强,感官的敏锐度甚至会达到惊人的程度。创伤性经验会造成儿童个体与群体之间的距离,随之产生一种"感觉剥夺"现象,因而陷入深刻、持久的孤独、自卑处境中,进而产生异常认知。乐子交不起学费被老师打,老师的寿辰他送不起礼物也被打,世态炎凉让这个苦命的孩子陷入了深深的孤独与绝望中,也让他对"教师"这一形象产生异常认知。儿童在这样的处境中,会产生一种与所属群体交往的需要,当这种需要被压抑的时候,儿童会将自然物人格化,孤独而未满足的渴望改变着他们的认知,于是,他们便对某些与人有类比关系的自然物产生亲近感。《昙》中的启昌因伺候着约翰一家而被游行的学生看作"奸细"。但是,当他

---

① 〔奥〕西格蒙德·弗洛伊德:《梦的解析》,李燕译,陕西师范大学出版社,2008,第104页。

最终扛上了代表革命立场、象征荣誉的旗帜时，他对革命的向往让他对自然物产生了幻觉，感到"夏天，黄昏的太阳像个到了暮年的凶徒一般转为温善了"①。《矮檐》中的乐子冬天经常半夜被冻醒，睁着眼直打哆嗦，于是母子俩沉浸在对"白铜炉子"的幻想中，进而乐子也对上元节的各种花灯产生了美好的幻想。乐子因目睹了砍头事件受到惊吓，总感觉有什么东西醉醺醺地追着他，并对死亡产生了奇特的认知，"躺在炕上，他尽自奇怪着'死'到底是个什么东西。为什么那些人围拢起来喝采？他会不会有一天也坐在那么一乘骡车上呢"②？《俘虏》中荔子因心爱的猫一夜未归而受到创伤，她守着窗台的小窟窿产生了幻想：她的猫要成精了，别被藏在花丛草梗间的冤魂怨鬼们教坏了。创伤性经验会使儿童的个体欲望受挫，内心产生苦恼和焦虑，他们在观察某种事物时，常常会把这些事物与自己所欲望的对象、所向往的情景联系起来，造成联系及想象的奇特性。萧乾所塑造的有着奇特认知的儿童都是他丰富生动的创伤性记忆表象的艺术转化。

三　创伤的启示："救救孩子"

儿童，在人类文明漫长的发展历程中长期徘徊在历史之

---

① 萧乾：《萧乾短篇小说选》，人民文学出版社，1982，第130页。
② 萧乾：《萧乾短篇小说选》，人民文学出版社，1982，第77页。

外，在中国传统社会以帝王将相和思想精英为主的历史舞台上，更难见到为儿童写作的历史记录。长期致力于中国历史上儿童生活与健康问题研究的学者熊秉真教授说："历史学这门知识而言，要想在中间找到孩子的任何足迹踪影，多半是枉费心机的事。"① 与历史学一样，文学、社会学等无一例外都是十分"势力"的学问。相比较而言，西方国家较早地开始了对儿童的研究，自20世纪中期以来，儿童研究逐渐成为一门显学。从1960年法国社会史学家菲利普·阿里耶斯出版的《儿童的世纪》开始，陆续出现了研究儿童公共政策演变、家庭情感发展路线、亲子关系、母乳喂养、儿童和家庭生活、欧洲圣徒童年生活、儿童史等方面关注儿童历史的研究成果，以及研究儿童现实生活很有影响力的重要成果《童年的消逝》（尼尔·波兹曼著，1931 – 2003）。西方国家各个领域对于儿童的研究都关注到了历史中儿童被抛弃、被忽略的创伤问题。例如，早期画作中的作为成人缩小版的儿童和早夭的儿童，历史上的弃婴、杀婴现象，儿童的灾荒史、疾病史，当下电子媒体时代儿童被异化了的社会现象等问题。文学领域，西方作家对于儿童的创伤性书写也取得了很大成就。比如《蝇王》《麦田守望者》和但泽三部曲（《铁皮鼓》《猫和

---

① 熊秉真：《童年忆往———中国孩子的历史》，广西师范大学出版社，2008，第5页。

鼠》《狗年月》）等都是对童年的苦难、成长的焦虑、成年后的堕落以及人性的恶的关注与探讨。

在我国，儿童的被发现开始于五四时期。近年来，学术界对儿童的游艺与玩具史、疾病史、养育观念与行为的历史考察与分析取得了很大进展，增进了国人对自己童年的认知，但仍然未能从根本上彻底扭转儿童在成人世界中的缺席局面。"在当代中国，儿童还没有成为成人社会的思想的资源。在通过儿童进行人生思考这一点上，中国社会几乎是在退化。"[1]文学领域对于弱势群体及其创伤性体验的关注更加滞后，直至"文革"结束后，儿童才逐渐走入作家的视野，关注儿童创伤性体验的作家和作品逐渐增多。如余华关注了儿童的死亡，莫言和苏童重复了童年时期饥饿的记忆和暴力记忆等，他们的作品以回忆的方式触痛了童年时期的创伤，并给当下的社会以深刻的启示。胡适曾经说过，如果要看一个国家的文明，首先要看他们如何对待小孩。"从文化人类学方面说，只有有了儿童的发现，我们才可以说：人类真正发现了'人'自己。儿童的发现乃是人的最后发现之发现"[2]。在这个意义下，萧乾对于旧社会苦难儿童的创伤书写就显现出了独特的文化和社会价值。萧乾以创伤视角所塑造的系列儿童是成人

---

[1] 朱自强：《新世纪中国儿童文学的困境和出路》，《文艺争鸣》2006年第2期，第57页。

[2] 王泉根：《现代中国儿童文学主潮》，重庆出版社，2000，第14页。

所不能承载的生命之痛，他们也让我们清醒地意识到，成人须得充分掌握儿童心理，了解儿童在成长期间所遇到的种种挫折与伤痛，这也是了解人类心理发展规律的过程。儿童的成长原本就是一个苦乐交织和五味杂陈的社会主题，对儿童创伤性体验的关注就是对全人类生活境遇的关注。在文明飞速发展的现代社会，儿童的创伤性体验已经不再是萧乾笔下所描述的受冻挨饿和遭受异国的欺辱，而是充满压力的生活困境、读写能力的崩溃、暴力行为的增长、儿童与成人社会的尖锐对抗、突发灾难对儿童心灵的冲撞和社会丑恶现象给儿童造成的阴影等，特别是因父爱、母爱的缺失给留守儿童带来的巨大精神伤痛亟待得到拯救。萧乾通过创伤性叙事塑造的一系列儿童形象，是对自己童年生活的历史性回顾进而实现心灵的自我救赎，更是期望实现对广大儿童的拯救。20世纪30年代的萧乾不可能为儿童指出明确的创伤治疗之路，但是，他以创伤性叙事的方法和儿童视角给国人以深刻的警示："救救儿童"不应当是一句口号，而必须是转化为实际行动的一种力量。在将近一个世纪后的今天，重读萧乾儿童题材的短篇小说，将环哥、乐子、荔子等苦难儿童形象再次推到人们的视野，或许能对"童年的消逝"问题的解决起到一定的作用。

儿童极易受到创伤，萧乾儿童题材的短篇小说告诉我们，只有关注、正视人类在儿童期所经历的创伤和其所承受的生命中的痛苦，才能够更加清醒地审视现实的生活，珍视存在的意义。

第四节　蒙古族现代文学的现代性特征

现代性（modernity）是一个非常复杂的概念，要厘清它所折射出的张力是很困难的，或者说是不可能的。吉登斯从社会学的角度将现代性等同于社会生活或组织模式；哈贝马斯从哲学的角度将现代性看作是一套源于理性的价值系统与社会模式设计；福柯也从哲学的角度将现代性视为一种批判精神。"众声喧哗"体现了现代性的不确定性，同时也体现了它的可解释性和多义性。对于中国文学来说，现代性无疑是舶来品，自20世纪90年代以来其越来越成为人们关注的焦点，而且到现在仍是热门话题。从时间的角度看，现代是相对于过去而言的，现代性特征亦即有别于传统文学的特征。但是现代性并不是区分传统文学与现代文学的根本分界，而是对传统文学的再造，因而"现代"这一术语也就有了特定的时代意义，并且能够一直延续下去。西方现代性的理论对中国文学的现代化进程似乎起着主宰作用，但这只是表面现象，文学本身有着自身内在的发展规律，现代性的出现是必然的。

蒙古族现代文学作为中国现代文学的一个要素，与中国现代文学的发展轨迹是一致的，从时间上划分，即从1919年到1949年中华人民共和国成立。伴随着蒙古民族经济与社会方面的现代转型，蒙古族现代文学在特定的历史背景下发生，在中国乃至世界文学的总格局中发展，其既受到汉族及其他少数民族文学的影响，又逐步与世界文学接轨。承继着本民族文学传统的血脉，蒙古族现代文学汇入中国现代"人的文学"潮流，沿着民族化与现代化的轨迹，发展成为中国少数民族现代文学中一朵灿烂的奇葩。

一　启蒙

谈论现代性，不能不讲启蒙，因为现代性的观念来自启蒙运动的精神，是启蒙精神催生了现代性。1915年兴起的新文化运动掀起了中国思想启蒙运动的第一次高潮，运动的浪潮波及到蒙古族地区，促使蒙古族的启蒙运动得到了蓬勃发展。启蒙精神是对理性、科学和自由的肯定与推崇，目的是消除蒙昧，开启民智。因此，在先进蒙古族知识分子的努力下，民族教育广泛兴起，新思想新文化大力传播，反压迫反剥削成为创作主潮。

第四章　异域文化影响下的蒙古族文学

自五四运动之后,许多新式学校和出版事业纷纷兴起。比如,沈阳、哈尔滨、齐齐哈尔等地成立了蒙旗师范学校,归绥(呼和浩特)、包头开办了民族中小学校,这些学校培养了大批具有新思想的民族知识分子;刊发了最早宣传马列主义、在绥远地区产生广泛影响的《蒙古农民》;组建了出版大量古籍和教科书的"蒙文书社"和"蒙文学会",还有张家口的"国华书局"及沈阳的"东蒙书局"等。这些出版单位不仅把蒙古族的史书和典籍向外宣传,更重要的是为蒙古族人民引进了大量的汉族文学经典,为蒙汉文学交流打下了很好的基础。

觉醒了的蒙古族知识分子将启蒙思想渗透到文学创作的方方面面,他们大力宣传新思想新文化。现代诗人接受革命思潮的影响,眼界开阔了,因而文化内涵体现出了多元化的倾向。他们的目光走出了草原,走向了全中国、全世界;他们用更广阔的视角重新审视本民族的历史和现状,表达出了不同以往的新见解。呼唤民族觉醒,争取民族解放成为蒙古族现代诗歌最重要的主题。"北方的蒙古青年们/让我们从睡梦中醒来/为了改变文化落后的面貌/努力向前奋进吧!"[①]

---

① 荣苏赫等编著《蒙古族文学史》(第四卷),内蒙古人民出版社,2000,第9页。

赛春嘎(1914~1973)是最著名的蒙古族现代诗人,也是最早走出国门接受外来思想的文学青年。受普希金、托尔斯泰、拜伦、海涅、惠特曼和日本作家的影响,赛春嘎从文化教育入手,宣传启蒙思想,以此实现自己改良社会、拯救民族的理想。"支离破碎的篱笆你身体虽然庞大,但在这世界上你已失去了作用。我虽然弱小却是新的生命,看吧,我将怎样穿透你的胸膛!你可知道一切陈旧的东西终归死亡,新的事物必然蓬勃成长?看吧,我将以巨大的威力挣脱你的纠缠,去和天空的曙光会面。"[1] 诗人用象征的手法揭示了新事物终究会取代旧事物的矛盾运动规律,表达了对压迫剥削的愤怒和对民族复兴的渴望。

民族的衰败,阶级压迫的残酷,亦成为蒙古族散文作家关注的焦点。"穷人的痛苦真是比海深,比山高……有时煮的饭剩下后,主人先倒给牧羊狗一半后说:养胖那牧人有何用处,又不能宰着吃。所以,牧人每天都摆脱不了死的危险,饱受挨饿受冻之苦。即便是死不了,也会变得傻呆。"[2] 布和克什克是蒙古族现代文学史上著名的散文家,他在考察了日本的文化教育后,联想到蒙古民族的命运,号召以他人之长补己之短,以实现民族的昌盛。"人活在世上,必须首先把帮

---

[1] 齐木道吉、梁一孺、赵永铣等编著《蒙古族文学简史》,内蒙古人民出版社,1981,第326页。
[2] 宝音德力格尔:《牧人》《丙寅》第五期第2号,1939年2月。

助扶持自己的民族,让民众享受福祉为主要目的。为实现这种义举而努力学习,大有裨益。"① 散文作家们还看到了本民族的精神疾病,并对此表达出了深深的忧虑:食不果腹衣不蔽体,痴迷宗教,愚昧麻木,拒绝现代文明。他们用作品作了启蒙思想的宣传工具,号召用科学文化拯救民族。"我们蒙古人,为何在几个世纪内变得如此懦弱了呢?原因就在于:当其他民族的科学文化发生着日新月异的变化且如日中天地进步发展时,我们蒙古人却仍然死守着旧传统,丝毫不顾及当今世界的飞速变化。教育事业尚未兴起,科学文化也不发达。"② 他们大声疾呼蒙古族人民赶快醒来,千万不能被社会淘汰。

启蒙的宗旨是运用理性来破除对宗教的迷信和盲从,解构宗教信仰的权威化和神圣化,用科学知识来消除神话和幻想,达到一种思想与政治上的自主性。仁钦好尔劳的中篇小说《在苦难中挣扎》塑造了一个用欺诈手段登上活佛宝座却最终葬身火海的人物奇达格其,他冒充活佛建成一座"普渡众生寺"。于是,百姓变卖家产和牲畜背负着建寺的沉重捐税,聪明的孩子被送进寺庙为僧充当活佛的奴隶。在苦难中挣扎的照日格图9岁入寺后备受虐待,他不堪忍受等级森严、以强凌弱的处境,

---

① 布和克什克:《蒙古族源史序言》,载巴·格尔勒图《蒙古族文论选》,内蒙古教育出版社,1981,第348~353页。
② 伊德钦、汪睿昌等编《毕业》,载《蒙文教科书》第八册,漠南景新社发行,1923年10月。

在重重的苦难中向命运提出挑战:"难道我的命运果真如此吗?命运,命运……我一定要战胜你"!经过顽强的斗争,小主人公终于摆脱了命运的折磨,他博览经史,精通蒙汉语,成为杰出的领袖人物。小说揭示出了宗教的伪善和奴役本质,暗示牧民只有运用自己的理智,脱离自己加之于自己的不成熟状态,不屈服于权威并摆脱恐惧,才能成为真正的主人。而作家通过对"新人"的塑造,体现了作为觉醒了的知识分子的巨大使命感。

二 "人的文学"

1918年12月,周作人的《人的文学》刊登在《新青年》上,其从个性解放的要求出发,充分肯定人道主义,认为新文学即人的文学,应充分表现"灵肉一致"的人性。"人的文学"成为五四时期文学的一个中心。人文主义思想影响了现代蒙古族知识分子,他们肯定人的尊严和人的价值,崇尚智慧。历史上的蒙古民族原本就是智慧的民族,因此,赞颂人的智慧型作品在蒙古族现代文学史上成为一道亮丽的风景。这其中,哈达的寓言式散文《铁木真》即为代表——文章仿照庄子的《庖丁解牛》歌颂了人的智慧的重要性。铁木真见一位好汉正在解剖牛,刀子变钝后又用斧砍,好汉为此颇感自豪并问铁木真:"朋友,你能拉几弦弓?能举多重的石头?"铁木真则意味深长地回答:"天下好汉成就事业时只相信智慧不尊重力气。"① 知人者智,自知者明。文章借铁木真的形象强调智谋而批评匹夫之勇,这体现了蒙古人民从单纯地崇拜力量到赞美智慧的力量的思维发展过程,这是一个巨大的进步。

文学离不开现实社会,但不是现实社会的等价物,它具有超越现实的审美性,文学以其审美意义成为社会、文化的异质因素。因此,文学在现代化过程中能够洞察到人性的异化、自由的丧失并揭示人的生存意义,从而获得了文学的现代性。蒙古族现代作家顺应文学发展的内在规律,看到了随着人类生命运动的发展人与人之间的利益冲突越来越尖锐而产生了异化现象,随之产生的作品也表现出密切的社会性。朝克吉朗的小说《梦》即表达了这样的主题:船舱漏水,我坠入了深渊,十几只老鼠向我叩拜,抱怨人类为了生存互相争夺食物,没有剩余食物养活老鼠。一只年轻漂亮的白雌鼠摸着肚子说:考虑到生计艰难,不能随便生养啊。小说通过异化了的老鼠控诉生活的艰难,揭示了人丧失了主体性后,失去了反思与批判的空间,造成个人与社会没有了距离且被社会同化的现实。海德格尔认为,"异化"是指人的非本真生存状态,亦即发生在人的生存过程中的沦落状态。随着国家之间的交往日益频

---

① 荣苏赫等编著《蒙古族文学史》(第四卷),内蒙古人民出版社,2000,第71页。

繁，西方的意识形态和价值观念越来越多地侵蚀着国人的脑细胞，各民族间的交往也越来越多，彼此间的影响越来越大，汉族和其他少数民族的思维模式及生活方式也不断地冲击着每一个蒙古人。民族身份的模糊必然导致人产生失去根的漂浮感，故而蒙古族现代作家正在努力寻找适合他们自己栖居的诗意地。

出于表现人的情感世界的需要，蒙古族现代文学体裁与形式方面也发生了革新，其明显地体现了多重文化的碰撞、移植和融合。五四运动期间，西方现代主义文学思潮得到了广泛的译介，20世纪的中国文学因此受到了很大冲击。尽管现代主义对中国少数民族文学的影响相对滞后一些，但影响的痕迹也是非常明显的。在20世纪末至21世纪初，中国蒙古族文学对此表现出了极大的热情，作家们先是广泛浏览，从模仿开始。他们对所有新潮的、前卫的东西都非常感兴趣，试图努力缩短彼此之间存在的距离，对于各种写作手法都冒险一试，再加上汉族、藏族、满族以及印度和日本文学的影响，蒙古族现代文学由叙事模式转向了抒情模式。现代抒情诗大量使用比喻、象征的手法，以景寓情，使得诗歌的内涵充实而含蓄。赛春嘎是一位兼容并蓄的诗人，他既融汇了蒙古民族传统文学的精髓，又汲取了外来文学的营养。"啊！窗口，给我流送进来……那驱散心中烦闷的黎明的光辉，点燃伟大理想的灿烂的阳光，和唤醒清新知觉的爽朗的空气。啊，窗口，让它流到我的房间里来！"① 诗人借助窗口这样的象征性事物来思考民族的命运和未来，从窗户里往外看的思考方式体现了他思想的成熟。而《压在苦芭下的小草》则借助一棵稚嫩的小草象征新事物新思想，它"吸吮着大自然的营养，取得了生存的力量"。劳瑞仓卜的训谕诗擅长运用比喻、象征的艺术手法宣讲人生的哲理和政治观点及宗教信仰；额尔德木特古斯喜欢用象征手法表达对社会的鞭挞和对人民的爱憎。著名作家萧乾的小说《蚕》也运用象征手法，通过比兴托喻，描写了蚕的习性、神态及其生命的全过程，婉转曲折地表达了作者的反宗教思想。

蒙古族传统诗歌以叙事见长，现代诗则注重剖白内心世界，着力于情感的抒发，象征手法正好迎合了这种发展模式。比如巴·尼玛扎布写有一首小诗："晨晖中见长，正午里变矮；时而又肥又大，时而又瘦又小，强烈的阳光下，淡淡的月色中，扁平的黑影，从不离开我。我行走，它亦步亦趋；我绊倒，它隐匿身下。乌云布满天，它逃之夭夭，黑夜倏忽到，它自找生路。"这首小诗通过影子时长时短、时有时无的特性，象征了生活中的假、恶、丑，体现了深刻的哲理性。象征能够抒发作者不可捉摸的内心隐秘，表现出隐藏在普通

---

① 荣苏赫主编《蒙古族文学史》第四卷，内蒙古人民出版社，2000，第99页。

事物背后的"唯一的真理"（马拉梅语），使读者体会到此中有深意。有人认为现实主义者永远只是一些普通观察者，而象征主义者则总是些思想家。进步的现代蒙古族诗人不再是草原的普通观察者，他们的视域扩大到整个世界，他们对民族未来的思考走入了理念的领域。

蒙古族现代小说受现代主义影响很大。现代主义文学让人们重新思考了人和自然的关系。此前，大量的早期神话作品反映了人类童年时代个体意识的觉醒和对宇宙规律的最初思考，那个时期的人与自然尚属"脐带关系"，人类生活与自然发展交混为一。而现代人在经历了几次世界大战和更多的人为灾难之后，看到和感受更多的却是物质废墟和精神废墟，从魏士登的《从祭仪到神话》到弗雷泽的《金枝》，都记述了因灾难而导致山野荒芜、动物几近灭绝、妇女丧失生育能力的故事。人类世界导致了荒原，这些都引发了人们对自身的思考，特别是对自己行为的思考。

文学的民族性与人类社会发展息息相关。蒙古族现代文学在开掘本地区民族文化资源的同时，用现代审美意识及文化精神积极参与全球化语境下时代精神的建构，蒙古族现代文学的现代性品格使得民族精神呈现出现代多元文化传递的良好态势。

在跨文化传播的语境下，用现代视野审视蒙古族现代文学具有时代意义。

第五节　从诗词看贡桑诺尔布的现代教育思想

贡桑诺尔布（1872～1931）是内蒙古近代史上一位著名的教育家、改革家，同时也是一位颇具才华的诗人。他具有非常高的蒙汉文化修养，精通蒙、汉、满、藏四种语言文字，琴棋书画无所不能，尤其写得一手娴熟的汉文诗歌，著有《夔盦诗词集》。贡桑诺尔布的诗词多为政治诗，主要抒发他决心通过大兴教育来启发和教化蒙古族人民心智的思想。

在承袭了父亲喀喇沁右翼王的郡王之位后，贡桑诺尔布励精图治，革除了父亲时代的弊政，大刀阔斧地进行了一系列社会改革，大兴教育，加快了蒙古民族教育的现代化进程。

本文以其诗词为视角，探讨贡桑诺尔布极具现代性的教育思想。

一　"民智最为难，眼界尤未宽"
——教育救国、启智的思想

一个少数民族要想在国家和世界舞台上立足，很大程度取决于其族群能否对本民族不断地进行反思与建构，能否坦诚接受自己的劣势，用开放的眼光看世界。的确，"不承认自己的不足以致无法从异质文化的交流中吸取创造智慧的民族，是不可能在现代社会中生存的。"① 贡桑诺尔布是一位教育家，他虽生活在晚清，但头脑中已具备了明显的现代教育意识。他看到了蒙古民族由于教育落后而导致的积贫积弱现象，故而以其强烈的理性反思精神将拯救族群的历史命运为己任，并用诗词记下了他对民族教育的冷静审视和深度思考。

"商业国所赖，劝业引琦贝。万国争来游，帝国博览会。民智最为难，眼界尤未宽。借此起胜心，焕然成大观。"（《博览会志游日本客中》）这是贡桑诺尔布在参观完日本"万国劝业博览会"后发出的感慨。晚清时期，蒙古人民文化程度低，思想保守落后，大部分人没有历史地理概念，不少人初次听到世界上还有除中国以外的大国时都大为吃惊；他们不知道地球是圆的还是方的，只知道中国作为大国家在中央，在西方有个叫西洋的地方，东方有个叫东洋（日本）的豆粒大的小国。教育落后，老百姓自然会痴迷于宗教信仰。贡桑诺尔布所在的内蒙古喀喇沁旗喇嘛教盛行，成为全民信仰的宗教。喇嘛教宣扬世事虚空、人不长生、一切无用的消

---

① 关继新：《20世纪中华各民族文学关系研究》，民族出版社，2006，第282页。

极人生观及来世思想，这严重麻痹了蒙古人的精神，人们生活中的祸福、得失、婚丧嫁娶等事都以喇嘛的意见为依据，许多人甚至生了病也不去找医生而是找喇嘛念经祈祷。"活佛得于无形中支配王公的思想，进而支配政治，活佛以下大喇嘛，其片言只语，虽王公不敢违逆。"① 对此，贡桑诺尔布表达了无比的愤懑和无奈："平原万顷人踪少，迷离随意生青草。事事听天然，穹庐裹古毡。荒凉连大漠，三五成村落。极目写鞭梢，行行路转遥。"（《菩萨蛮·巴林道中》）"事事听天然"的麻木状态使得"蒙古人失去了他本来的民族性，终于成了像现在这样没有气概的人种了"②。先进的文人知识分子往往具有敏锐的感知，能够最先觉察到一个民族分崩离析的征兆。贡桑诺尔布正是意识到了这种现象的可怕性和开启民智的紧迫性，才将其诉诸文字，以引起世人的警觉。

开启民智的当务之急是兴办教育，由贡桑诺尔布建立的崇正学堂、毓正女子学堂、守正武学堂，就是在理性主义的指导下反思麻痹的蒙古精神之后对人民进行的理性启蒙之举。"朝廷百度尽维新，藩属亦应教化均。崇正先从端士习，兴才良不愧儒珍。欣看次日峥嵘辈，期作他年柱石臣。无限雄心深企望，养成大器傲强邻。"（《创办崇正学堂而

---

① 黄奋生：《蒙藏新志》，香港中华书局铅印，1938，第718页。
② 〔日〕河原操子：《喀喇沁杂记》，邢复愈译，载《赤峰市文史资料选辑》汉文版第四辑，第90页。

作》）此时的晚清政府正在改革图强力争摆脱大厦将倾的命运，贡王号召蒙古民族也要与时俱进，他期待通过学堂的创办，能够培养出成为民族发展中流砥柱的社会良才，其雄心壮志令人钦佩。开学典礼之时，他当场挥毫撰写了一副楹联："崇武尚文，无非赖尔多士；正风移俗，是所望于群公"。他在开学典礼的讲话中说："我身为王爵，位极人臣，养尊处优，可以说没有什么不如意的事情，可是我从来没有像今天这样高兴。因为我亲眼看到了我的旗民子弟入了新学堂，受到教育，将来每个人都会担当起恢复成吉思汗伟业的责任。"① 三个学堂的建立，在当时的蒙古地区是一件空前的大事，贡王为此呕心沥血。他希望通过兴办教育，把蒙古地区的"峥嵘辈"培养成国家的"柱石臣"，最终实现"养成大器傲强邻"的社会理想。

二 "八方稚子，遐迩来同"
——有教无类的教育思想

在喇嘛教盛行的年代，贡桑诺尔布率先意识到人的重要性，他要求不分贵贱、男女、民族，全旗上下适龄男女都要入堂接受教育。尊重人的价值、肯定人的能力、重视人的自

---

① 《喀喇沁旗文史资料》第八辑，第77页。

然属性和社会属性是他教育思想的灵魂，又带有人本哲学的性质。"唯我学校，创自有清；悠久历史，灿烂光荣；八方稚子，遐迩来同；如霑风雨，如坐春风。师资造就，启迪万方；教育普及，文化发扬；阴山苍苍，锡水漾漾；崇正之名，山高水长。"他为《崇正学堂》所作的校歌表达了只要八方稚子都来接受教育，蒙古民族就能通过教育普及而使传统文化山高水长的信心和美好愿望。当时个别家长对办学不理解甚至非常抵触，对此，贡王下令对送孩子入学的住户免除户口税且学生免除学费；离校10里以内的女生早晚用花篷轿车接送；走读生中午在学堂吃饭，住宿生在学校食宿，每人每天供给半斤肉；毕业生公费保送升学或留学，等等。这些措施极大地鼓舞了蒙古人民送子女入学的积极性，不分"族类"的教育思想与举措促进了蒙古民族与汉民族之间的沟通，有利于中华民族共同的心理品质的形成。

贡桑诺尔布还对女子教育特别重视，毓正女子学堂的创办就是他关于女子教育理念的具体实践。1903年，贡王在东京与日本实践女子学校校长下田歌子的会见促使他产生兴办女子学堂的决心，并聘请日本女教师河原操子当教员。"民族之振兴，有赖民众之文化提高，而民众文化之提高，则有赖于母教之水平"，贡王的劝学训令极大地激励了蒙古女子接受教育的信心和勇气。"天生男女本是并重的，中国乃惑于女子无才便福之说，相戒不学……各国的兴盛，蒙古之衰弱，正在学不学内分出。"① 福晋在开学典礼上的演讲，是贡王强烈的女性意识觉醒的间接体现。在中国历史上，被边缘化了的妇女一直是作为一个历史的盲点而存在的，贡王能够"将女性群体从社会——文化那看不见的深处裹挟而出"②，是其现代教育思想的充分彰显。他的举动，冲破了壁垒森严的男权文化圈的羁绊，对传统道德标准表示质疑并做出真诚批判，体现了对女性的生命关怀，甚至对当下的女性主义者们都是莫大的鼓舞和启发。

"春花香，秋月亮，几度共星霜；朝黾勉，夕彷徨，济济共堂。休夸科学深究，艺术更擅长。他日献身社会，事业须担当。兴教育，办事业，建设正多方。看谁能真努力，文化广宣扬。创造我蒙古邦，赖我辈匡攘。今后天各一方，誓死勿相忘。"（《毕业歌》）他希望不论男女，不辨民族，学堂培养出的青年才俊都要勤奋努力，献身社会，共同担当振兴蒙古民族的大业。"志强为天行之健，志刚为大君之德"，贡王的现代教育意识内化为民族发展的凝聚力和同心力，强化了民族的生命力，三力齐发共同促进了蒙古民族的全面现代化。

---

① 郑晓光、李俊义：《贡桑诺尔布史料拾遗》，内蒙古人民出版社，2012，第 216 页。

② 孟悦、戴锦华：《浮出历史地表》，中国人民大学出版社，2004，第 1 页。

三 "古物兼新制,广列增智识"
——兼收并蓄的教育思想

崇正学堂的教学内容丰富,古今中外都有涉猎,开设有《三字经》《千字文》《四书》《五经》及日语、俄语、算术、地理、历史、书法、绘画、音乐、体育等课程。毓正女子学堂开设的课程有蒙文、汉文、日文、历史、地理、算术、理科(指博物、卫生、生理)、图画、家政(包括礼式、衣服、装束、烹调、料理、居住、使役、簿记、看护、育儿)、裁缝、音乐、体操。学堂还定时举办同窗会和游园会,寓教于乐,起到了很好的作用。"人生之乐乐如何?群乐兮乐无穷。佳时令节届秋中,此日良辰盛会逢,凡此皆我学校教育功。凡事孰堪与此群乐同?喜我嘉宾来,其各尽欢哉!旨酒多且有,兄弟姊妹请开怀。茶果嘉肴助兴趣,古物兼新制,广列增智识。更有国旗高挂映日月,嗟呼众志可成城!诸君听我开会歌,鼓舞欢呼万岁声。"(《游园会歌》)一曲会歌,令贡王通过参加游园会而产生的愉悦心情和强烈的成就感溢于言表。

此外,培育"新人"是贡桑诺尔布现代教育思想的重要体现。他认识到人才是社会发展的巨大生产力,故而广泛引进人才与培育当地人才双管齐下,体现了多元文化并举的教育理念。贡王从浙江、江苏等地聘请了陆君略、钱铜、长安、富宝斋、希光甫等人才担任教学和管理工作,他对这些人才非常尊重,并且建立了良好的关系。钱铜在崇正学堂教学数年后离校赴京,行前贡王写下了"明日送君行,珍重声声,此去迢遥万里程,地北天南虽暂隔,异地同情。世事太纵横,一语丁宁,从今时望好音聆,见我良朋劳致意,代达愚诚"(《浪淘沙·送钱孟材行》)一诗,其情真意切,溢于字里行间。对从日本聘请来的"外交"人才,贡王更是尊重有加。河原操子女士曾为毓正女子学堂的建立做出的贡献,贡王在致日本公使馆高洲太助的书简中深表感激:"河原先生……学问有素,且远途跋涉,绝无畏难之色,志趣甚远。从兹龙塞雁门,同进文明,不第蒙古之幸,亦亚洲庆也……惟此女学本数千年所未有,又今幸得良师,虽生徒愚顽,当可向化也。殊堪为全蒙女学起点庆矣!"[①] 此外,《赠日本下田歌子女史》《和宫岛一郎君即席原韵》《赠吉原四郎君》《赠永井禾原侍郎》等诗词亦分别对几位日本好友献出的"经邦策"表达了诚恳的谢意。宫岛一郎也曾就贡王访日慷慨赠诗一首表达与贡王的友好之情:"天外忽传胜友来,东瀛乐土喜愈哉。携手同享共荣策,异日欢歌千百杯。"[②]

"自笑平生惯率真,偏从象外论精神。敢随步武维新者,未

[①] 郑晓光、李俊义:《贡桑诺尔布史料拾遗》,内蒙古人民出版社,2012,第222页。
[②] 柴文举:《贡桑诺尔布史话》,喀喇沁蒙古文化研究会,2005,第118页。

带因缘与旧人。欢到至情同父子，休言有分是君臣。英雄亦是寻常事，珍重男儿七尺身。"(《送学生等游学》)除了引进人才，贡王还选派优秀学生到国内外学习，对他们寄予了殷切的希望，希望他们学成归来，用新思想和新技术重振蒙古大业。这些学生在北京、天津、上海、保定等地学到了军事、工业技术、铁路、测绘、家事及政治、经济、法律、医学、外语、实用技术等，特别是在天津北洋实习工厂学习到了织布、染色、治肥皂、蜡烛、粉笔和电镀等技术，这些都对于提高蒙古人民的生活质量、加快蒙古地区的现代化进程都起到了非常大的促进作用。从崇正学堂建立到1949年前后，贡王输送到国内外的学生有数百名，他们回国后传播新思想，对当地的政治、经济、文化、教育和军事的发展都发挥出了重要的作用。这其中，有的人在蒙古民族历史上还闻名遐迩。比如留日学生特木格图，回国后潜心研究蒙文铅字印刷术，被誉为蒙古族的毕昇。他还创办了蒙文书社，吸引了不少西欧人前来蒙文书社学习，蒙文铅字技术因此而流传于西欧。特木格图对蒙古民族乃至中华民族的现代化都做出了杰出贡献。选派学生出去学习的举措，充分体现了贡王作为现代知识分子的先进性，证明了贡王已经脱离了中国古代社会"士"阶层"贵贱有等、尊卑有别、男耕女织和小桥流水人家"[①]的狭隘境界，在他

---

① 葛荃：《论中国传统"士人精神"的现代转换》，《华侨大学学报》（人文社会科学版）2001年第2期，第12页。

的精神世界中已经具备了现代性的因素，并且非常重视西学的重要价值。可以说，虽然晚清的先进知识分子对于西方的学习仍停留在器物、技术层面，但以"师夷长技以制夷"来拯救蒙古民族于危难之中的理念，在蒙古地区已经是非常先进和超前的了。

贡桑诺尔布的教育思想和实践体现了现代性特征，教育启蒙、有教无类、多元文化兼收并蓄的教育观是他寻求现代国民性的诉求。这些诉求虽不尽完美，但却不同程度地体现了辛亥革命以来中国教育所倡导的个性主义、科学主义和民主主义的核心价值观。他的教育理念在蒙古地区产生了巨大的社会效应，他改造国民性的教育举措拓宽了蒙古人的眼界，加快了蒙古民族的现代化进程。贡桑诺尔布是蒙古草原上少有的身居草原但蒙汉兼通的蒙古族诗人，他"奔驰原为同胞福，何惜长途路五千"的鞠躬尽瘁精神令世人折服，他的贡献和影响同样不可低估。正如喀喇沁旗在海外的学子札奇斯钦所评价的那样，贡桑诺尔布的影响"与世界文化并垂于久远"。

注：文中所用诗词均出自贡桑诺尔布《夔盦诗词集》，引自郑晓光、李俊义编《贡桑诺尔布史料拾遗》，内蒙古人民出版社出版，2012年。

第五章 世界文学个案研究

站在中国的视角研究西方文学现象，是比较文学或文学跨界研究的基础工作。以中国传统文化为视角观照西方文学，所得出的结论无疑是带有跨文化性质的。世界文学浩如烟海，本章选取了三位作家——英国的伍尔夫、南非的库切与美国的卡森的作品，主要探究他们的女性主义思想、后殖民写作情况和生态思想。

第一节　弗吉尼亚·伍尔夫及其女性主义思想

20世纪20~30年代，我国学者就已经开始了介绍伍尔夫及其作品的工作，但大量的翻译和研究主要是从20世纪80年初开展起来的。随之，《邱园记事》《墙上的斑点》《达罗卫夫人》《黑夜与白天》《论小说与小说家》《一间自己的房间》等相继被译介到中国。系统梳理一下对伍尔夫的研究成果，不难发现，我国学术界对弗吉尼亚·伍尔夫的关注主要在她意识流的小说创作理论上，而其女性主义思想却被遮掩在意识流巨大成就的阴影下。女性主义思想是一个包罗万象的思想体系，它以一种全新的视角和方法来研究人文和社会学科的各个领域，伍尔夫将它具化到文学创作当中，提出了一系列女性写作的可行方法，并得到了多数人的认可。

本文即采用女性主义的批评理论与方法，主要从《一间自己的房间》来探讨伍尔夫的女性主义思想及其所产生的影响。

一　弗吉尼亚·伍尔夫与《一间自己的房间》

弗吉尼亚·伍尔夫（1882~1941），出生于伦敦海德公园大门（Hyde Park Gate）22号，她是莱斯利·史蒂芬与朱莉亚·达克沃斯的三女儿。伍尔夫一家算是富裕的中上等收入家庭，故而特别看重知识成就。作为一名著名的评论家、传记家和学者，伍尔夫的父亲交友甚多，在他的众多文友中有相当数量是知名美国人，如奥利佛·温戴尔·霍姆斯（Oliver Wendell Holmes，1841-1935，法官，人称"伟大的异议者"）、亨利·詹姆斯（Henry James，1843-1916，小说家，公认的心理小说大师，著有《波士顿人》《鸽翼》）等。

伍尔夫在浓郁的文艺氛围中长大，她在她父亲庞大的书库中饱览群书，尽情享受着读书的乐趣，就英国文学史来说，她几乎是无师自通。之后，她还接受了拉丁文和希腊文的私塾教育，老师是珍妮特·凯斯（Janet Case）和沃尔特·佩特（Walter Pater，英国散文作家和评论家）的妹妹克拉拉（Clala），这对她的作家成长过程有着极大助益。伍尔夫与她的哥哥索比创立手写期刊《海德公园大门新闻》（Hyde Park Gate News）的时候只有9岁，而她的哥哥索比大部分时间都在学校。因此，我们可以断定，这本书的绝大部分写作皆出自弗吉尼亚之手——这一行为也让我们看见了弗吉尼亚成为知名作家的端倪。她后来发表的连载小说《伦敦人的种田经验》（A Cockney's Farming Experience）以及《家长经验谈》（The Experiences of a Paterfamilias）尽管都是早期小说的尝试，内容不免天真好笑，但读来仍饶有趣味。

　　伍尔夫接受了良好的家庭教育，她的童年似乎是令旁人羡慕的，然而成长中的那份艰辛就只有她自己独自体验了。童年时代，她经历的第一个大危机是她母亲朱莉亚于1895年的去世。弗吉尼亚当时13岁，她描述母丧是"所能发生的最大灾难"，再加上母亲去世后父亲的暴躁、怪异的自艾自怜和对小孩的苛刻挑剔，致使她的精神第一次崩溃了。她心跳加快，挟带着一股自己无法控制的刺激感受，随后而来的是深到谷底的沮丧和自责，医生规定她必须从事长时间的户外运动。就在母亲朱莉亚辞世后仅仅两年，弗吉尼亚同母异父的姐姐斯特拉·达克渥斯死于一场手术中。斯特拉的死使得莱斯里爵士阴沉和自怜的脾气愈发剧烈，弗吉尼亚对于父亲的轻率粗俗感到难抑的愤怒。1904年，莱斯里因肝癌去世，弗吉尼亚又一次精神崩溃，之后她的病频繁发作，甚至企图跳窗自杀。

　　为了摆脱笼罩在心头的阴影，弗吉尼亚一家离开了海德公园大门那幢不愉快的房子，开始了新生活。1912年8月10号，她与雷纳德成婚。之后，弗吉尼亚的生活虽然仍受精神疾病的困扰，但新的生活带来了新的作品的问世：1915年

《出航》出版，1921年《星期一或星期二》出版，1922年《雅各的房间》出版，1925年《普通读者》与《达罗卫夫人》出版，1927年《到灯塔去》出版，1928年《欧兰朵》出版，1931年《海浪》出版，1933年《福乐许》出版，1937年《岁月》出版，1938年《三个基尼》出版，1941年《幕间》完成，等等。

随着大量作品的不断出版，伍尔夫的名声盛极一时。1928年10月，弗吉尼亚·伍尔夫在剑桥大学做了两次讲演，一次是在纽恩汉学院的艺文社，一次在葛顿学院（Girtion）的同类型社团，讲题是《妇女与小说》（Women and Fiction）。从这些演讲中，弗吉尼亚建构出《一间自己的房间》，这是一篇探讨妇女意识与女权思想的重要论著，第二年修改后作为一本单独的书出版。《一间自己的房间》对欧洲文明从古至今妇女低人一等的地位做了驳斥，弗吉尼亚·伍尔夫承认，在她所生活的时代，对妇女的偏见与不平等的状况已在逐渐减缓；但同时，她又坚持认为，要实现妇女的平等地位，还有很远的路要走，因为妇女低人一等的观念仍深深地植根于男人们的心中。她提出了她自己的看法："一个女人要想写小说一定要有钱，还要有一间自己的房间。"论著是以最大的说服力与阐释性的例子来进行讨论的，以平和而不充满仇恨的措辞，甚至还带有很出色的幽默情调，写得活泼、流畅又有说服力。伍尔夫所阐述的不仅是妇女的地位，也有关于智慧、天才及法西斯的灭亡的论述——《一间自己的房间》的确是一部杰作。

《一间自己的房间》共六章,第一章的场景在牛桥大学——牛津与剑桥合起来的一个地名。在这一章,作者首先提出自己的主要观点:女人要写作,需要钱和属于自己的房间。然后写"我"作为女主角在牛桥大学的一些经历与感受。首先是"我"穿过一个草坪时,一个男子起来阻挡,因为"我"是女人,只能走碎石小路,只有研究生和优等生才可以走草坪。接着,"我"想去图书馆,又遇到一位须发如银的老者的挡驾:女士必须得有一位本学院的研究生陪着或是有一封介绍信才准进入。一个更为鲜明的男女有别的印象来自男生学院与女生学院,"我"在男生学院看到有奢华的生活设施和美味佳肴,而女生学院的晚餐却少得可怜,只有汤。从经济上看,女人根本不可能会去赚钱,再说,就算可能,法律也不给她们权利去保护她们所赚的钱,因为只是最近48年以来女人才有自己的财产权,在此以前,家中所有财产都是属于丈夫的。伍尔夫想到世上有这么多不公平的事情,遂产生一系列疑问:为什么男人喝酒,女人喝水?为什么这一性那么富足,那一性那么贫乏?这对小说创作有什么影响?艺术作品的创造需要些什么条件?于是,她带着所有这些问题去请教有学问的、无偏见的人,而她认为最能找到真理的地方是大英博物馆。

第二章,"我"来到了大英博物馆,结果所查到的关于女人的书都是由男人写的。但有一个现象使她惊讶不已:"女人"也曾引起过许多人的注意,如散文家、小说家,一些有学位的人或没有学位的人,这些人(当然都是男人)以女人为例,写了很多带有劝喻、规谏、预言性质的文章。女人成了宣传教育的工具,但女人并不写书来讨论男人。后来,"我"找到了一位冯·X教授的伟大著作:《女性的智力、道德和体力的低劣》。实际上,这位教授是蔑视妇女的一个代表,伍尔夫对他进行了嘲讽。再随意看一下餐桌上被人留下的报纸的标题,就会有"某某法官先生在离婚法庭里发表意见说妇女无耻";还有新闻说"有人把一个电影女明星从加利福尼亚一个山崖上用绳子吊下来卡住在半空中",等等。没有一位正常人看不出那位教授是占着优势的,他是权力、金钱和势力的影子。只要女人说点关于男人的看法,他们就会受不了。书中说,"那天Z先生,一位最有人情味、最谦逊有礼的男人,拿起丽贝卡·韦斯特(1892~1983,英国女作家)的某一部小说,读了一段就惊呼道:'这恶名昭彰的女权主义者!她居然说男人们都是势利之徒!'"[①]。

伍尔夫提出质疑:为什么韦斯特小姐对男人做了一个真

---

① 〔英〕弗吉尼亚·伍尔夫:《论小说与小说家》,瞿世镜译,上海译文出版社,2000,第94页。

实却带有贬义的评语，她就成了臭名昭著的女权主义者呢？她认为这句话不是伤了他的虚荣心，而是伤了他对于自己的力量的信仰，因此而大呼小叫。由此可见，男人在女人的批评之下是多么的不安。作者在此说，她的一位姑妈给她留下了每年500磅的遗产，这将改变她作为妇女的状况，可以看出，伍尔夫觉得经济对妇女是多么的重要。

第三章是很有趣味的一章，它假设了一件发生在莎士比亚的一个妹妹身上的事情。文中假想出一个有着特殊天才的莎士比亚的妹妹，如果她的天才可与莎士比亚匹敌的话，她将怎样被迫去否认自己的天才，保持沉默与屈从整个人生。那个时代文学非常繁荣，妇女却没有贡献过一字一句。垂维利安教授写的《英国史》中记载着在1470年代，打妻子被公认为是丈夫应有的权利因而不必有羞耻感。虽然女人在文艺作品里都不缺少个性与人格，也就是说，在想象里，她们占着最重要的地位，而实际上她们完全不为人所注意。18世纪以前的那些妇女为什么不受教育？显然她们没有钱。在16世纪，一个女子若有天才而不控制自己沉默一生，她便会发疯或自杀；而晚到19世纪有了几个女作家，但大都被迫匿名隐姓，或用男人的名字把自己遮蔽上。伍尔夫认为，完全可以下结论说一个19世纪的女人从事艺术不仅不受鼓励，而且会遭到讽刺打击。在此，伍尔夫对妇女的历史地位做了回顾：在18世纪以前，妇女想当作家根本不可能；到19世纪有了一点可能性，但要冒一定的风险，必须隐姓埋名，不能直接以女人的名字出现。

第四章伍尔夫谈到了妇女创作的情况：16世纪以前，女人创作是一件绝对不可能的事；而稍后一个时期，也许有了贵妇人利用比别人多一点的自由与安逸来写作，但却要冒着被视为怪物的危险，而且即使写成了，其中也有胆怯和怨恨搅扰的痕迹。譬如在温澈西夫人的诗集中，就有对女人忿忿不平之鸣：

> 我们是如何地堕落！因错误的统治而堕落；
> 是教育成的而不是天生的傻子。
> 一切脑子的改善全不许获得，
> 只要变成无趣，受人支配，任人摆布。
> 在她的另一首诗中也有这种对男人的怨愤：
> 唉，一个尝试写作的女人，
> 被认为是这么狂妄的东西，
> 以致再没有美德能赎回这个过错。
> 他们说我们错认了性别和为人之道。

男人不能接受，女人也不能接受，有作家天才的女人也不能接受女人创作这个事实。

17世纪末18世纪初，妇女靠写作可以挣钱了，伍尔夫认为，这个事实促使了妇女解放的开始。到18世纪末叶，妇女思想显出极度活跃——谈论，集会，写些文章评论莎士比亚，翻译古典文学——这都起源于妇女能由写作赚钱这个实在的事实。

第五章涉及伍尔夫妇女观的另一方面,它是非常重要的。"我"在书架上随意取了一位不知名的女作家玛丽·卡迈克写的《人生的经历》,然后思绪漫游开去,由女人的创作谈到女人本身。伍尔夫阐述了自己的观点:她不要妇女像男人一样,不倡导那些性别弄得模糊不清的现代概念。而且,她认为妇女应当增加她们自己与男人之间的不同,只有这样才能保住女人的本色。她还认为,一个女人随便走到哪条街上或哪间屋子都会让人感到女性的复杂的力量,而这种创造力与男人的创造力又是大不相同的。因此一个妇女能刺激并鼓励男人,特别是在男人的职业或创造之中。很多成功的男人背后就会有女人,他们从女人那里获得的显然是他们自己那一性所不能供给的东西,或许可以把它称之为一种刺激,亦或一种创造力的重新振作。而在孩子们中间的妇女,常常是某种不同秩序与生活体系的中心。

最后,"我"又回到手里所取的《人生的经历》及其作者玛丽·卡迈克的写作上。伍尔夫认为她不是天才,甚至没有前辈作家的才情。但是,玛丽·卡迈克却有着种种优势,那就是她所处的时代与环境的优势,即男人对她再不是那"反对的党派"了。她用不着再浪费时间去攻击他们,她用不着再爬上房顶渴望着去旅行,去得到经验以及对于世界和各种人性的认识。她可以比较随心所欲,有着热切而自由的感觉；她像女人那样写，但是像一个忘记自己是女人的女人。

作品转入第六章，"我"在第二天早上，看着伦敦的街景，思索着小说的问题。作品中的"我"认为"两性之间最自然的就是合作"，"男女结合可以达到最大的满足，最完美的快乐"。对于作家来说，脑子半雌半雄的才为最佳，柯勒律治也这么认为。伍尔夫对许多作家做了具体分析，莎士比亚被认为有着半雌半雄的脑子。在现代作家高尔斯华绥等的作品中，女人在那里找不着永生的泉源，尽管一般批评家会说里边有。他们的作品赞扬男性的美德，注重男性的价值，形容男性的世界，而其中含有的感情是女人不能了解的，原因是高尔斯华绥们没有一点点的女性在他们里面。除莎士比亚外，还有济慈、斯泰恩、兰姆、柯勒律治也都被认为是两性的，雪莱被认为是无性的，弥尔顿与本·约翰逊则男性的东西多一点；华兹华斯与托尔斯泰也是男性多一点，而在20世纪，普鲁斯特被认为是半雄半雄的。

伍尔夫的这种表述很有新意，从男性与女性在每个作家意识或者说心灵中比例的不同来划分作家的类型，并认为作家意识中男性与女性两种性别的合作是创作的最好的时刻。这就是她的双性同体的理论。

伍尔夫的笔调轻松幽默，文中根本看不到她对女性不平等地位的愤愤不平的情绪，这在很大程度上是因为它写成于1928年，出版于1929年——在这个时间段，伍尔夫早已成为了一名著名的作家，社会名流的地位以及丰厚的经济收入使获得很大改变，已使伍尔夫变得心平气和。其实，在她的早期生活与创作阶段，伍尔夫对妇女的地位是颇为愤愤然的。伍尔夫的父亲出于重男轻女的偏见，把儿子送到学校读书，女儿留在家里亲自教授，对此，伍尔夫认为极不公平，由此产生了强烈的女性主义思想。之后她积极参与一些争取妇女投票权等的社会活动。在文学创作方面，伍尔夫更是大胆突破社会观念对妇女的束缚，从一则伍尔夫的日记里可以看到这种束缚。日记中平静地谈及如果她的父亲不在1904年去世的话，她的命运可能会完全两样：

"父亲的生日。他将是96岁了，是的，今天。可能是96岁了，像其他人们所认识的人那样。但事实不是这样，真是一种慈悲。如果那样的话，他的生活将会完全地葬送我的生活。会发生什么呢？没有写作，没有出版的著作，——不可想象。"[①] 伍尔夫在这则日记里所表现的，自然不是指与父亲个人的对抗，而是对这种社会体制运行的透彻的理解。在那个时代的家长制的控制之下，在父亲的严密监管与苛求之下，她追求任何一种职业生涯都是非常难的。父亲去世后，弗吉尼亚变得非常自由，她经常出入于伦敦街头或伦敦图书馆、

---

① A Writers Diary, ed., Leonard Woolf, London: Hogorth Press, 1953, p.175.

大英博物馆。莱斯利生前不喜欢看到女人抽烟,而父亲去世后弗吉尼亚开始抽雪茄,甚至水烟管。她的心头萦绕着对父亲的恼怒,因为他有着妨碍弗吉尼亚做她想要做的事情的权利,表达他的不赞成的令人敬畏的权利,抽烟表现了弗吉尼亚对父亲曾拥有的那份令人敬畏的权利的反抗。

女权主义批评家简·马尔库思(Jane Marcus)在《回想我们的母亲们》一文中,曾就弗吉尼亚·伍尔夫写道:

"写作对于弗吉尼亚·伍尔夫来说,是革命的行为。她与英国父权文化及其资本主义和帝国主义的形式与价值的隔阂是如此巨大,以至她落笔时充满了恐惧与决心。作为身着维多利亚衣裙的一个游击战士,她在准备向敌人进攻的时候,常因恐惧而颤抖"。[1]

从简·马尔库思的说法也可以看出,伍尔夫对于男权社会的强大势力还有所顾忌有所惧怕的,因而不能超越时代、超越历史地做纯粹的勇士。但不管怎么说,人们在弗吉尼亚·伍尔夫的创作中看到了她的女性意识与女性立场,她的《一间自己的房间》更被后来的女权主义者们视为宣言,她本人也因此获得了女权主义领袖的地位。

---

[1] New Feminist Essays on Virginia Woolf, ed., Jane Marcus, London, 1981, p. 1.

二 弗吉尼亚·伍尔夫女性主义思想的体现

(一) 女性的自我被异化

伍尔夫认为,强大的男权社会氛围使女性的自我自动从女性身上消失了,潜移默化地被男性的价值标准异化了。在《一间自己的房间》中,伍尔夫通过女性与文学的问题,阐释了女性的自我意识被异化的问题,她举了萝西·奥斯本的例子。很有写作才赋的萝西·奥斯本在书信中谈到公爵夫人新写的书时说:"这个可怜的女人真的有点精神错乱了,否则她不会如此荒唐,居然大胆写起书来,而且还要用韵文来写,我即使两个星期不睡觉,也不至于如此荒谬。"① 伍尔夫不禁感慨地写到:"当人家发现,甚至一位很有写作才能的妇女也强迫自己相信写作是荒谬的,甚至会使自己显得精神错乱,那么他就可以估量反对妇女写作的气氛是多么强烈。"②

这种异化的呈现模式可以这样来诠释:第一,女性自我的贞洁观念的异化。女性应该将贞洁观念置于首位,因为不论从哪方面讲,这都是对女性自我的尊重,但是,这种贞洁观在强

---

① 〔英〕弗吉尼亚·伍尔夫:《论小说与小说家》,瞿世镜译,上海译文出版社,2000,第121页。
② 〔英〕弗吉尼亚·伍尔夫:《论小说与小说家》,瞿世镜译,上海译文出版社,2000,第122页。

大的男权文化背景下似乎变了样,变成了男性用来约束限制女性行为的借口,继而成为工具,甚至连女性自己也因此变得唯唯诺诺瞻前顾后,唯恐越雷池一步。她举例说,乔治·爱略特与一有妇之夫同居,受不了舆论的压力,自感羞愧主动避居郊区与世隔绝,这对她的创作造成了极大的伤害。"在那儿,她在整个世界都对她非难指摘的阴影之中生活。"[①] 而与此同时,托尔斯泰却自由自在地与各个阶层男女交往,正是因为不受阻碍,无人非议,这才使他的作品取得了史诗般的品格。

第二,女性自我的天使观念的异化。天使原本是对完美女性的理想界定,但是,与女性自我的贞洁观念被异化一样,天使观念也被异化了。大多数男性都把心中的天使关在屋里,让她们做好家务,尽到对丈夫的一切义务;同样,女性自己也遵循这样的准则极力扮演成房间里的天使,似乎只有这样才是她们完美的生活状态。

第三,对女性自我能力认识的异化。由于女性贞洁观、天使观的被异化,女性对自我能力的认知也被异化了。在《一间自己的房间》中,伍尔夫以温奇尔西夫人(1661~1720,英国女诗人)为例说明了这种状况。在温奇尔西夫人的诗集中有这样的诗句:"良好的教养、风度、舞蹈、服装、

---

① 〔英〕弗吉尼亚·伍尔夫:《论小说与小说家》,瞿世镜译,上海译文出版社,2000,第129页。

游戏/才是我们所应当渴望的成就/写作、阅读、思考，或者探索/会掩盖我们的美丽，消耗我们的光阴/并且阻挠我们青春时代赢得爱情/至于枯燥无味地管理一幢奴仆众多的住宅/有人认为这是我们最高的艺术和用处。""我的诗句被人毁谤，我的工作被人认为/是毫无用处的愚蠢或狂妄之极的过失。"① 可见，社会对女性能力的认识走向了另一个极端。

（二）建立女性独立的写作空间

1. 物质空间

伍尔夫认为，女性首先要有一间属于自己的房间。她不无感慨地说："对于妇女而言，看着空荡荡的书架，我想，这些困难势必更加难以克服。首先，甚至直到 19 世纪初，她要有一间自己的房间也办不到，更不必说要一间安静、隔音的房间了，除非她的父母异常富有，或者身份非常高贵。她的零用钱仰仗于她父亲的善意，仅能够供她穿衣，她甚至无法拥有济慈、丁尼生或卡莱尔等穷苦男人均可获得的安慰，例如徒步旅行、漫游法国、离家独居，即使仅有一间陋室，亦可庇护她们免受家人横加干扰之苦。"② 伍尔夫认为，女性要

---

① 〔英〕弗吉尼亚·伍尔夫：《论小说与小说家》，瞿世镜译，上海译文出版社，2000，第 117~119 页。
② 〔英〕弗吉尼亚·伍尔夫：《论小说与小说家》，瞿世镜译，上海译文出版社，2000，第 111 页。

想写作，首先得有一个属于自己的独立空间，这样写作思路就不会因为家庭琐事而中断。"女人如果打算写小说，她必须有钱，还要有一间自己的房间。"①

其次，还要有足够宽广的社会生活空间。伍尔夫认为，狭窄的生活空间致使女性缺乏丰富的社会经验，这对创作极为不利；托尔斯泰的《战争与和平》就是依托于他当士兵时候对战争的充分了解而创作成功的。伍尔夫说："如果简·奥斯丁的环境因素对她有任何不利之处，那就是受到了强加于她的狭窄的生活范围的制约……她从未旅行；她从未乘坐公共马车穿越伦敦，或者在一家店铺里独自用午餐。"② 而对于夏洛蒂·勃朗特来说，"如果她不浪费她的天才去孤独地眺望四野景色，如果她能获得经验、与人交往、广泛旅游，那么她的天赋才能势必获益匪浅"③。有鉴于此，伍尔夫短暂的一生从事了大量的社会活动：1907年她迁居费兹罗伊广场，重新举办了她父亲在1905年举办过的"周四夜谈"——这是每周一次的名人讨论会，参加讨论的大多是来自剑桥的名人，如锡尼·沃特卢（Sydney Waterlow）、查尔斯·丁尼生

---

① 〔英〕弗吉尼亚·伍尔夫：《论小说与小说家》，瞿世镜译，上海译文出版社，2000，第61页。
② 〔英〕弗吉尼亚·伍尔夫：《论小说与小说家》，瞿世镜译，上海译文出版社，2000，第127页。
③ 〔英〕弗吉尼亚·伍尔夫：《论小说与小说家》，瞿世镜译，上海译文出版社，2000，第129页。

(Charles Tennyson) 等；1917年她和丈夫还创立了霍加斯出版社，她的许多作品都是从自己的出版社走向社会的；1940年她在布莱顿的工人教育协会演讲《斜塔》，等等。

2. 精神空间

伍尔夫认为，对女性写作形成障碍除物质因素外，还有严重的男权中心观念。"千百年来，女人一直被当作镜子，它具有令人喜悦的魔力，可以把男人的镜中映像，比他本身放大两倍。"① 男权中心观点导致女性文学缺乏系统性和传统型。伍尔夫认为其实女性文学是有传统的，只是被男权中心观念中断了。因此，她认为，女性必须要摆脱男权中心观念，重新建立女性文学传统，否则"如此缺乏传统，如此缺乏合适工具，必定对妇女写作产生重大的负面影响"②。

要想摆脱男权中心观念，就要具有与男性平等的社会地位和足够的教育程度。"在莎士比亚时代，任何女人居然会有莎翁的天才，那简直是不可思议。因为莎士比亚那样的天才，绝不可能产生于辛苦劳作、未受教育的奴婢仆役之中。"③ "回顾……莎士比亚妹妹的故事，对我而言似乎其中至少有一

---

① 〔英〕弗吉尼亚·伍尔夫：《论小说与小说家》，瞿世镜译，上海译文出版社，2000，第94页。
② 高虹：《新夏娃的诞生：西蒙·波伏娃》，四川人民出版社，1998，第89页。
③ 〔英〕弗吉尼亚·伍尔夫：《论小说与小说家》，瞿世镜译，上海译文出版社，2000，第107页。

点是真实的,那就是在 16 世纪,任何一位具有伟大天才的女性必定会发狂、自杀,或者在村外孤寂的茅舍中了此余生,半巫半魔,被人惧怕又被人嘲笑。"① 因此,她认为,女性要想写作,必须争得与男性同等的社会地位,在此基础上还要接受学校教育。伍尔夫本人就是在父权至高无上的家教中失去了接受学校教育的机会,而她的哥哥却理所应当地进了学校——为此,她充满了怨恨。

(三)"双性同体"理论

荣格曾说过:"每个人都天生具有异性的某些性质。"在《一间自己的房间》最后一章中,伍尔夫提出诗人和小说家的创作心灵应该是雌雄同体的,如果身体有两种性别,心灵也有两种性别,但经常同住在一个身体里,无论那是男性的身体还是女性的身体,而最好的写作产生于男人(或女人)体内的两性合作的时候。"如此我们每个人的心中都会有两种势力主宰,一个男性,一个女性;在男人的脑袋里,男人统御女人,而在女人的脑袋里,女人统御男人。当两性和谐共处、精神上共同合作的时候,我们的部分还是要有所作用;女人也必须和内在的男人有所交流……当这种融合发生的时候,

---

① 〔英〕弗吉尼亚·伍尔夫:《论小说与小说家》,瞿世镜译,上海译文出版社,2000,第 108 页。

心灵才会充分滋长，运用到所有的功能。我以为，或许一个纯粹男性的心灵无法创造，而一个纯粹女性的心灵也好不到哪去。"①

伍尔夫所说的双性同体意为两性和谐，精神愉悦。双性同体 androgyny，又译雌雄同体，雌雄同体性，在生物学与心理学中都能找到它的解释，伍尔夫主要采用的是它的心理学意义。在《一间自己的房间》中，伍尔夫用这个概念来说明正常而舒适的创作状态是两性和谐融洽的相处，但不意味着双性一定要完全相等、平衡，有些类似于中国文化中的阴阳合一、物我相通。双性同体理论解构了性别的二元对立，因而曾引发过激烈的争论。

三 弗吉尼亚·伍尔夫女性主义思想的影响

伍尔夫的女性主义思想具有丰富的内涵和启发性，她所表述的观念充分体现了女性主义思想在文化发展史上的重要性。拥有一间属于自己的房间仍旧是当代世界女性主义作家的期盼，"双性同体"已成为当代女性主义者讨论的焦点。一些女权主义批评家已在这一领域做出了积极的贡献，其中以

---

① 〔英〕约翰·雷门：《吴尔芙》，余光照译，百家出版社，2004，第65页。

埃莱娜·西苏尤为突出。她充分发挥了伍尔夫的设想：以女性的、无确指的"我"作为理论表述的话语主体，以讲故事的叙述方式和隐喻性的意义指称来构成并展开理论；女性主义批评在话语方式的更新上，也已经取得了一定的进步，它突破了陈规的理论文体，逐渐改变了理论话语的父权特性；在创作实践上，也都从不同角度体现了伍尔夫女性主义思想的开创性。

伍尔夫的女性主义思想对中国也产生了很大影响，其主要表现在两个方面：一是她的女性主义思想及创作方法影响了我国许多学者及作家，如叶公超、王佐良、瞿世镜、伍厚恺等，他们通过翻译和参与评论使国人逐渐开始熟悉并接受了伍尔夫；还有林徽因、凌叔华、林白、陈染等，她们接受了伍尔夫的创作方法进行了一系列的女性文学的创作。二是促进了我国女性主义批评事业的发展。伍尔夫女性主义思想在中国的接受较之意识流创作手法较晚，大约从 20 世纪 80 年代开始直至现在。

在伍尔夫的影响下，中国的女性主义作家自觉地从女性视角观察现实人生、审视女性命运。她们不但从社会政治出发得出惊世骇俗的结论，而且在广阔的历史背景中更多地从女性的审美观、女性的性别特征、女性历史地位的变迁去把握女性的命运。在状写女性遭遇、表现女性不幸时，中国女作家把批判的触须更多的指向传统男权观念对女性的压抑，以及由此导致的女性自身的心理缺陷，从而开启了一扇女性自审意识的窗扉，使女性文学呈现出放松性别姿态的创作倾向，而且，通过文化去写女性，从中寻觅永恒的女性，更体现了女性文学的进步。

通过对弗吉尼亚·伍尔夫女性主义思想的探讨，我们已经看到：伍尔夫的女性主义批评是一种社会——历史批评，它关注文学的社会与文化语境，发展基于女性经验的理论和方法，谋求理解作者及人物的女性主体；它遵循女性美学的原则，研究妇女作品的特殊性、妇女作家的传统和妇女文化，要求文学反映妇女的现状，重视文学的社会功能，奉行明显的性别路线，对学院派的纯学术不屑一顾，体现了它的独特性。也许伍尔夫的主张并不理想，甚至还有些似乎显得极端，从而引起不少争论，但她把她的经验、感受、思考统统呈现给了人们，使得许多人从中深受启发，在她的引导下走得更远——但不管走多远，人们总绕不开伍尔夫这个名字。

新的时代呼唤一种新的两性关系，而中国女性主义的发展仍显得步履艰难，是努力强化它的政治性，还是从女性主体内部进行革命，或者是以性别理论为武器使女性主义从边缘走到中心，我们应该有自己的答案。女性主义是一个值得研究的永久性话题，需要人们为之继续努力。

第二节　库切及其作品的边缘性

一　作家文化身份的边缘性

1940年2月9日，库切出生于南非开普敦一个白人律师家庭，从血统上说，他是阿非利堪人（荷裔南非人）。库切的家境并不富裕，其父事业无成，无力养家还老有债务缠身，其母不得不去工作以养家。库切家只属于白人中的中下等级，位于权力中心的边缘，因此他早早体会到的不是位在权力中心的特权而是边缘人的尴尬、辛酸。作为阿非利堪人，库切把英语而非阿非利堪语当作是自己的母语，阿非利堪语只是他的第二语言。作为阿非利堪人的库切更愿意接受英语教育，在他的自传体小说《男孩》中，约翰在听到关于政府要把有阿非利堪姓氏的在校学生都转入阿非利堪人的班级的传言时的一段描写比较能反映库切的这种思想。一想到要转到阿非利堪人班上，库切就满心惊恐，"在督学到来之日他整天都怕得要死，生怕他的手指会顺着花名册一路点下来喊出他的名字，叫他把书本理好收拾起来。对此他作了筹划，里里外外都想过了,他不会就这样去阿非利堪人的班级,相反,他在众目睽睽之下平静地走向自行车的车棚,推出自行车,飞快地骑回家,快得没有人能追上。然后,他关上门,告诉母亲他不去学校了,如果她跟他为难,他就自杀"①。年幼的库切面临身份问题带来的焦虑,他不认同自己是阿非利堪人,并有点顽固地认为自己应该属于英国人。在宗教信仰上,他们家什么也不信,这一点与标准的阿非利堪人很不同——标准的阿非利堪人属于新教教徒。因此,库切不是标准的阿非利堪人,甚至可以说他是阿非利堪人的叛逆,他不具有纯阿非利堪人的文化身份。

虽然库切说英语并接受英语教育,但是他不拥有英国的姓氏,他的家庭也没有英国人的文化宗教信仰,所以要想成为地道的英国人是不可能的。在《男孩》中,库切表达了这样的认识:"作为英国人的交际工具,英语他早已应付自如。对于英格兰,对于跟英格兰有关的一切事物,他深信自己都怀有忠诚的信念。但是,在被接受为一个真正的英国人之前,显然还需要面对其他的考验,他知道有些是他根本无法通过的"②。所以,不管是从先天因素还是后天条件来看,库切都不是英国人,更不具有英国人的文化身份。成年后,库切虽

---

① 〔南非〕库切:《男孩》,文敏译,浙江文艺出版社,2006,第74页。
② 〔南非〕库切:《男孩》,文敏译,浙江文艺出版社,2006,第139页。

然迫不及待地到英国去寻找自己的文学梦想，但当他真正面对英国的时候，才发现英国并不是自己想象中的那么亲切。他在那里没有亲人，没有朋友，只有孤独。库切想以英语写作并获得世界的认同，他希望以英语作家的身份出现在世人的面前。但库切也清醒地认识到英国曾经的殖民行径给他和殖民地人民造成的伤害，英语也是殖民文化霸权的工具，因为"讲一种语言是自觉地接受一个世界，一种文化"①，所以库切的写作常常又不是采用纯英语。写作中，他有意识地使用夹杂了阿非利堪语、法语等语言的混杂语，使用英语也尽量用地方化了的南非英语；对英国文化既积极接受又部分排斥，使得库切的作品具有自己的语言风格。

生于南非，长于南非，但库切并不属于地道的南非人。他的肤色、他的语言、他的祖先和他所有的历史都表明，他是一个欧洲人，是侵入南非的白人的后代。"南非的统治阶层建立了一个封闭的世袭体系，白颜色皮肤的人天生就属于这个体系。不改变你的肤色，你就无法逃脱这个体系。你可以想象着逃脱，但这样做，除了抖去你身上的一些灰尘之外，实际上你几乎没有取得什么改变。"② 南非近现代的历史一直

---

① 〔法〕弗朗兹·法农：《黑皮肤，白面具》，万冰译，南京译林出版社，2005，第25页。

② J. M. Coetzee: Doubling the Point: Essays and Interviews, Harvard University Press, 1992, p. 96.

表现为黑与白的二元对立，在黑白对立下，库切无法掌握非洲人的语言和文化，不能进入黑人文化的内核。天生的历史位置注定了库切对非洲的历史和对黑人的文化都只是一个局外人。欧洲的血统、文化背景与南非的国籍、南非的成长经历，造成了库切文化认同的困惑，他同情南非的黑人但却无法彻底融入南非文化，有着欧洲人的血统但又不愿接受欧洲的帝国中心文化意识，因此无论在欧洲还是在非洲库切都找不到自己的文化母体。库切面临文化身份认同的危机，边缘性成为其文化身份与精神状态的最佳界定，所以他不断地寻根又逃离，一生处于漂泊之中。库切大学一毕业就离开南非前往英国追寻文学梦想，事实证明那是不成功的。英国人不会把他当成一个货真价实的伦敦人，"相反，他们立刻就识别出他是又一个那种样的外国人，出于自己愚蠢的原因，选择到不属于他们的地方来生活"[1]。后来，库切去了美国，但在1972年他又被迫回到开普敦。库切于2002年移居澳大利亚，但不管走到哪里，他都摆脱不了无根的心理感受。下面的话是库切对这种感受的最好表达："尽管他在美国和英国都没有在家的感觉，但他也并不思念自己的家乡，也不特别的愉快。他仅仅感到不融合。"[2] 这里，库切道出了自己无根的感受与

---

[1] 〔南非〕库切：《青春》，王家湘译，浙江文艺出版社，2004，第115页。
[2] J. M. Coetzee: Doubling the Point: Essays and Interviews, Harvard University Press, 1992, p. 393.

作为一个边缘人的真实心理体味。

二　作品人物的边缘性

　　库切身份的边缘性影响了他的写作，他作品中的人物多被身份问题所困惑，常常面临"我是谁"的问题，人物往往在多重身份问题纠缠中难以找到自己的归属。

　　在自传体小说《男孩》中，约翰出生在南非，他的父亲是荷裔阿非利堪人，母亲是一名德裔阿非利堪人。在信仰上，约翰家什么也不信，他们不去教堂——约翰一生中也只去过两次：一次是受洗，一次是庆祝二战的胜利。在学校的信仰分班中，约翰不知道该如何做出选择，在老师的逼问下他选择了天主教，但这也只是因为他喜欢字母 R 而一闪念间做出的选择，并非脑海中真的有这个信仰。后来的事情证明，这个选择是错误的。在宗教信仰分班之后，约翰就和少数信仰犹太教的学生一起被排斥在学校组织的基督教的祈祷仪式之外，他们被人尖刻地嘲笑为"犹太佬"。从此，约翰就因为成了阿非利堪人的异教徒而受到阿非利堪男孩的欺负，他们威胁他、辱骂他、捉弄他、灌他毛毛虫；同时他还被信仰天主教的大男孩威胁去做教义问答。小小年纪的约翰，就不得不为宗教信仰选择的错误承受作为少数人和"局外人"所带来的伤害、排斥和孤独。语言问题也是让约翰身陷困境的一个重要因素，身为阿非利堪人，他却说的是英语，接受的也是英语教育。语言不仅仅只是交流的工具，语言负载着深厚的文化内涵，在通常情况下他是一个人文化身份的体现。年幼的约翰已经认识到并非所有居住在南非的人都是南非人，说到自己是南非人时他就会感到有些局促不安。约翰对自己的归属有过这样的思考："瞧着弗里克蹲在那儿，嘴里衔着烟馆，眼睛凝视着外面草场那模样，在他看来弗里克比库切一家更为切实地属于这儿——即使不是属于这个鸟泉农场，也是属于这片干旱草场，干旱草场是弗里克的家乡；而喝着茶，在农场的门廊上闲聊着的库切们，却像是一群季候性迁徙的雨燕，今天来了，明儿就走了；甚或更像一群麻雀，唧唧喳喳，蹦蹦跳跳，却呆不久。"① 这也道出了南非白人无根的生存状态，所以无法与本族的传统文化相认同的约翰成年后开始了自己的寻根之旅。

《青春》表现了这一找寻的过程与结果。为了逃避南非，成年的约翰怀着朝觐的虔诚之心到欧洲开始了寻梦的人生。到了伦敦，他想融入英国，并为此做了许多努力。他在多方面模仿着伦敦人，以期让自己成为地道的英国人——像所有伦敦的中产阶级那样，穿着中产阶级的服装，读着中产阶级的报纸，注意纠正自己的英语发音，假装融入周末寻欢作乐的人群……但是这些并不能让他真正地融入英国，更不要说成为一个地道

---

① 〔南非〕库切：《男孩》，文敏译，浙江文艺出版社，2006，第92页。

的伦敦人。约翰不断地想取得社会的认可,却又拒绝妥协,所以他感到痛苦。约翰的努力趋同却只能从英国人那里感受到冷漠与排斥,不管他如何趋同却仍被贴上异类的标识。在伦敦,没有朋友的约翰感到异常孤独,大英博物馆、书店和电影院成了他消耗时光的去处。总之,约翰进入英国文化的努力失败了,他只有在阿非利堪人的语言文化中才能感到轻松与自适。南非在约翰出生的那一天就已经融进了他的生命,在他身上烙下了抹不去的痕迹,在刻意忘却与无意识的关注的矛盾中,约翰煎熬着;他想在欧洲的文学传统中实现自己的文学梦,结果发现自己竟在无意识中把故事的背景放在了南非。约翰意识到,"他属于两个隔绝的世界。在南非这个世界里,他不过是个幽灵,一缕迅速变淡的青烟,很快就要永远消失了。至于伦敦,在这里差不多不为人知"[①]。在南非与英国,约翰都不被主流社会所认可与接受,他因缺乏身份认同徘徊在文明的边缘,而成了社会的边缘人,这段话表露出他作为边缘人的痛苦。

《慢人》故事的地点选择了澳大利亚,作品延续了库切关注后现代社会中普通人面临的生存困境的主题。保罗·雷蒙特是这部作品的主人公,他住在高档住宅区的公寓里,但是总觉得那只是个住所而不是家——因为家是用来温暖自己的地方,保罗·雷蒙特却感觉冷。为什么年老的他感觉无可皈

[①] 〔南非〕库切:《青春》,王家湘译,浙江文艺出版社,2004,第147页。

依呢,主人公在作品中为我们揭示了其中的原因。"我有30种移民体验,不止是一种,所以它留下的印记很深。最初,当我是个孩子的时候,被人连根拔起带到了澳大利亚;而后当我宣布我的独立的时候,我回到了法国;然后,当我放弃待在法国的时候,就回到了澳大利亚。我是属于这个地方的吗?在每一次移居的时候我都问道。这是我真正的家园吗?"① 这段文字很形象地描绘了那种在不同文化的地区间的移动给移民者带来的身份认同困境和精神的无根状态问题,揭示出文化认同危机形成的原因及其带给人的精神上的影响。

库切笔下的人物无不生活在耻辱中。在小说《迈克尔·K的生活和时代》里,迈克尔·K是一个长着兔唇、种族身份不明且遭社会遗弃的低能儿,生活在一个不知名的国家。库切给小说加了个题记:"战争是万众之父万众之王。有时他显身为神,有时显身为人。有时他造就奴隶无数,有时却造就自由解放的人群。"② 作家将关注的重心放在战争频仍的时代,反映出战争给这个时代造成的创伤以及生活在战争年代的人们的耻辱。小说中,略微痴愚的迈克尔·K用亲手制作的推车推着母亲走上荒诞得一路沉重的旅程;帝国士兵命令

---

① 〔南非〕库切:《慢人》,邹海仑译,浙江文艺出版社,2006,第212~213页。
② 〔南非〕库切:《迈克尔·K的生活和时代》,邹海仑译,浙江文艺出版社,2004,目录页。

他打开装着母亲骨灰的袋子,还拿了一小撮小心地闻了闻;他一次次被关进"营地",面对巧言令色的提问和嘲弄,手足无措,欲言不能;他一动不动地站在没有月光的黑暗中,保护他的南瓜苗,心中充满恐惧;他像一只赤条条暴露在阳光下的露鼠,诚惶诚恐地规避可能的人迹……身经如此多的屈辱,K不禁叹吁:"真可怜呀,生活在这样的时代里,一个人必须准备像个畜生一样地活着"①。迈克尔·K的生存境遇是一个时代的缩影,更是人类历史的一道重痕,他的塑造使小说呈现出一种若有若无却又浸染心魂的苦涩和忧伤。

小说《耻》的内涵和寓意更为丰富。有关"耻"的词语在小说中出现的频率有数十次之多,这颠覆了传统意义上对耻辱含义的理解。何谓耻?有召妓之耻、诱奸学生之耻、被解除教职之耻、父女之间指引与被指引之耻、女儿受辱之耻、强奸之耻、暴力之耻、承受之耻、无奈之耻,等等。耻辱比比皆是,它使人陷于道德深渊的无边痛苦之中。评论家认为,《耻》"对殖民主义在南非对殖民地人民和殖民者本人及其后代所造成的后果表现出深切的忧思和相当的无奈"②。

小说主人公卢里教授的施欲行为看似偶然,实际上,其

---

① 〔南非〕库切:《迈克尔·K的生活和时代》,邹海仑译,浙江文艺出版社,2004,第122页。
② 〔南非〕库切:《耻》,张冲、郭整风译,译林出版社,2002,第49页。

行为产生的心理根源和社会机制却又有着深刻的必然性，这种心理根源正是来自南非社会的集体耻辱感或者说集体道德堕落感，以及南非社会混乱的现实。

耻辱无处不在，但是更加可怕的是因孤独、衰老和死亡带来的绝望。"别指望会有人同情你。没人同情你，没人可怜你，这年头，这时代，你就别指望了。"[1] 卢里"感到无比的孤独，甚至觉得自己是个外来者"[2]；甚至连女儿都拒绝了他的感情、爱心、"理性"的建议和他的价值观，"他和她就像一对夫妻，一步一步地，无可挽回地越分越远，而他对此根本就无能为力"[3]。卢里是这个世界上的孤独者，但更可怕的，是衰老、即死亡带给他的恐惧。52岁的卢里不愿承认自己的衰老，但在与梅拉妮的交往、与女儿的相处以及看护狗的过程中时时能感受到死亡的临近及由此产生的绝望。

作为边缘人的库切，通过一系列边缘化的主人公的塑造，展现了南非以种族冲突为代表的社会矛盾，表达了他对夹缝中生存的人群的关注和人类前途命运的常常忧虑。作品中人物与痛苦生活的抗争经历，体现了库切深切的人道主义关怀。

---

[1] 〔南非〕库切《耻》，张冲、郭整风译，译林出版社，2002，第213页。
[2] 〔南非〕库切《耻》，张冲、郭整风译，译林出版社，2002，第150页。
[3] 〔南非〕库切《耻》，张冲、郭整风译，译林出版社，2002，第150页。

第三节　从《寂静的春天》看雷切尔·卡森的生态思想及其对美国文学影响

雷切尔·卡森（1907~1964）是美国20世纪最著名的生态文学作家，也是美国乃至世界生态文学史上里程碑式的人物。她性格细腻敏感，从小爱好文学，4岁时就在儿童刊物上发表作品。卡森的父亲拥有一大片田产，母亲是一位热爱自然的女性，在父母的影响下，卡森从小就养成了对大自然的特殊情感及对生命的敬畏之心。她毕业于宾夕法尼亚女子学院，拥有博士学位，是一位研究鱼类和野生资源的海洋生物学家。1941年，卡森出版了第一本著作《海风下》；1951年，她的第二本著作《围绕我们的海洋》问世，销量达20万本；但是真正使卡森一举成名的是她发表于1962年的生态小说《寂静的春天》。终身未婚又身患癌症的卡森将自己的全部时间和精力都投入到了她所热爱的环保事业，她靠着顽强的毅力与被其触怒的政府、企业和媒体抗争。

一 生态思想

《寂静的春天》(Silent Spring) 集中体现了卡森的生态思想，书的序言是由美国前副总统戈尔写的，全书共 17 章，小说以科学的态度向人们指出了以杀虫剂为代表的化学药品对人类自身和生态环境的巨大破坏作用。小说从一个虚构的城镇开始，这里四季如春，周围小山环绕，植物与果树成林，动物们自由出没……有一天人类出现了，他们建房、挖井、筑仓，从此一切都变了。植物枯萎了，果树结不出果实了，牛羊病倒并且很快死亡了，孩子们在玩耍中突然倒下——这一切都源自一种白色化学粉剂——杀虫剂。这个虚设的城镇惊醒了人们，小说中所描述的灾祸不就在我们的身边吗？是的，我们在不知不觉中已经蒙受了大量的不幸。在第一章的结尾作者写到："是什么东西使得美国无以数计城镇的春天之音沉寂下来了呢？这本书试探着给予解答。"[①]

在接下来的几章里，卡森用大量的实验数据向人们证明以杀虫剂为代表的化学物质具有巨大的破坏力。水系受到严重污染，从反应堆、实验室和医院排出的放射性废

---

① 〔美〕R. 卡逊：《寂静的春天》，吕瑞兰译，科学出版社，1979，第 5 页。

物，原子核爆炸的散落物，工厂排出的化学废物，还有新产生的用于农田、果园、森林里的化学喷撒物等，它们通通排入河流和海洋中，地下水成了污染物的大杂烩。土壤中的有机体之间原本是彼此制约的，它们与地上、地下环境又相互制约，是一个由交织的生命之网所组成的综合体。但是，杀虫剂的使用破坏了土壤的平衡性，减弱了土壤的生产力，在撒过药粉的地方，大量的鸟和田鼠濒临死亡。许多动物表现出战栗、惊厥、飞翔能力下降甚至瘫痪的症状，不少人在接触了飞机喷洒的农药后出现发烧、呕吐、咳嗽和疲劳的症状，这都是杀虫剂使然。这说明一个更为可怕事实，这些有害物质不仅能毒害生物，而且能破坏人体内酶和身体的氧化作用，还会使细胞发生异化。卡森在书中所揭示出来的这一切，令我们感到非常震惊。

卡森将化学药物的危害公诸于众的同时还特别强调了保护生态平衡的重要性："地球上的植物是生命之网的一部分，在这个网中，植物和大地之间，一些植物与另一些植物之间，植物和动物之间存在着密切的、重要的联系。有时，我们只有破坏这些关系而别无他法，但是我们应该谨慎一些，要充分了解我们的所作所为在时间和空间上产生的远期后果。"[1]

---

[1] 雷切尔·卡森：《寂静的春天》，吕瑞兰等译，上海译文出版社，1979，第65页。

她认为，大自然是一个整体，各种生物之间以及生物与环境之间都有着密不可分的关系，人类不能凌驾于万物之上去随心所欲的支配万物，因为人"根本不是万物之冠；每种生物都与他并列在同等完美的阶段上"①。

卡森不仅站在哲学的高度强调了自然界万事万物相互联系、相互依赖和相互制约的存在方式，更为可贵的是，她给人们进行了思想启蒙。事实上，在这样的年代里，人们对日益遭受到的威胁并不十分了解，因为不论是专家还是企业家，他们只关心自己的利益，为了利益最大化，他们不惜任何代价。假使有人对使用杀虫剂造成的有害后果提出抗议，他们也往往会被伪善的保证和包在令人厌恶的事实外面的糖衣蒙蔽而很快得到满足。因此，卡森向人们呼吁，获利的是少数人，而承担危险的是民众。她引用金·路斯坦德的话说："忍耐的义务给我们知道的权利。"她强调，在经历了长期忍耐之后我们必须坚信每个人都有"知道的权利"，我们应该提高认识并勇敢地去尝试冒险，不再听取某些人的劝告，人类必须探寻出一条能够通行的生存之道。卡森的这些话给予我们很多启示。生态危机成为阻碍社会发展的巨大绊脚石，是世界各国共同面临并亟待解决的棘手问题。如果政府迟迟不能清

---

① 〔德〕狄特富尔特等编《哲人小语——人与自然》，周美琪译，三联书店，1993，第90页。

醒地认识到问题的严重性并及时采用措施加以解决，后果将非常可怕。

值得庆幸的是，卡森所担心的问题并没有肆无忌惮地恶化，人类正在着手寻找化解危机的方法和途径。

二 卡森生态思想对美国文学的影响

"人是自然的一部分，对抗自然就是对抗自己。"1963年，美国著名生态文学作家雷切尔·卡森（Rachel Carson, 1907 – 1964）在接受电视采访时这样说。

《寂静的春天》对美国产生了很大的影响，1992年，该书被推选为近50年来最有影响的书；2003年，被评为"改变了美国的20本书"之一；21世纪初，美国《时代》将卡森评选为20世纪最有影响的百人之一。著名文学家E. B. 怀特评论卡森连载在《纽约人》上的《寂静的春天》是"此杂志自发行以来发表的最好的文章"，整本书出版之后，他认为这本书能够改变时代潮流。卡森因此于1963年当选为美国艺术与文学院院士——仅有的三名女性之一。

《寂静的春天》一发表，立刻在美国引起轩然大波，卡森这个名字从此在美国家喻户晓，她的画像和总统们的照片并排挂在美国前副总统戈尔的办公室墙上。戈尔说："雷切尔对我的影响甚至超过他们的总和，在精神上雷切尔出席了我们政府的每一次环境会议。我们也许还没有做到她所期待的一切,但我们毕竟朝着她所指明的方向前行。"① 戈尔和他的家人从不喜欢把任何书拿到饭桌旁,但《寂静的春天》却是例外,并且他们还在饭桌旁进行热烈而愉快的讨论。卡森的思想促使这位副总统意识到了环境的重要性,还激励着他写出了《濒临失衡的地球》。卡森去世后,获得了政府颁给她的"总统自由奖章",这是美国政府颁给人民的最高荣誉奖;美国内政部还在她曾经生活过的缅因州设立了"雷切尔·卡森国家野生动物保护区"。

《寂静的春天》发表后的第二年,美国国会成立了专门小组调查书中的结论,最后证实书中所言是正确的。之后,美国政府通过立法限制了杀虫剂在各州的使用,此后各国都陆续颁布了禁用有机氯农药的法令。1970 年,美国成立了环保署,第一个民间环境组织也在美国应运而生。卡森,这位终身未婚的女人拖着羸弱的身体,凭借对科学的坚定信仰、勇于挑战权威的巨大勇气和对环保事业的深重责任感,唤醒了美国和全世界人们的生态意识,进而掀起了一场世界范围内的环境保护运动。此后,美国国家历史博物馆以"雷切尔·卡森与环保时代"为名设置了一个永久性的展台。

---

① 雷切尔·卡森:《寂静的春天》,吕瑞兰等译,上海译文出版社,1979,第 6 页。

有人曾告诫卡森说，这本书肯定会得罪很多人，事实的确如此。《寂静的春天》一发表，就遭受到了来自各方面的凶猛的攻击——堪比达尔文发表《物种起源》时遭受的攻击，许多人甚至嘲讽她的性别。据《华盛顿每日新闻报》报道，一位不愿透露姓名的官员指责卡森的书中所说是"片面之词""对结论毫不负责"；化工企业、农业部门、医学会等机构都站在各自利益的角度对卡森进行围攻；杀虫剂生产贸易组织全国农业化学品联合会（NACA）甚至不惜耗巨资来夸大卡森的错误。卡森在书中提到，如果一个孕妇接触到化学物质，那么婴儿在母体内肯定也会受到毒害，一位政府官员竟然以此嘲笑说一个老处女在关心遗传的事。小麦育种家、诺贝尔奖奖金获得者诺尔曼·布劳格在也反对卡森在《寂静的春天》中提出的新的生态观，他公开宣称不赞成《寂静的春天》一书中的观点，认为至今还没有官方报道过杀虫剂给人类带来的危害。

尽管遭受到了巨大的人身攻击和承受了巨大心理压力，但卡森坚持下来，因为真理是不可能被扭曲的，追求真理的路程又何尝不是荆棘遍地。如今，尽管环境问题依然严峻，一些问题也不可能在短时间内得到解决，但是世界各国已经有了明显的环保意识，人们维护生态的责任感越来越强。《寂静的春天》被译成法文、德文、意大利文、丹麦文、瑞典文等多种文字，它激励着这些国家的环保立法。《寂静的春天》

出版两年后卡森因乳腺癌去世，但她永远活在充满鸟语花香并不寂静的春天中。

文学即人学，承载着明显的社会教化功能的文学时时关注并指引着人类社会的发展走向。生态文学更是潜移默化地影响着人类的思想和行为，为促进生态文明建设与推动社会和谐发展发挥着巨大的作用。卡森的《寂静的春天》标志着美国生态文学的繁荣，此后美国的作家们进入到大规模的自觉创作生态文学作品的年代。

卡森发出了第一声保护生态环境的呼声后，1968年，爱德华·艾比著名的散文集《沙漠独居者》再次将环境运动浪潮掀起。在《沙漠独居者》里，艾比生动感人地描写了他与自然万物的和谐关系和他对大自然深刻的爱，艺术地描写了让读者们梦寐以求的伊甸园一般的荒野生活。小说《有意破坏帮》是艾比最著名、影响最大的小说，也是美国生态文学的杰出作品。在小说里艾比提出了"生态性有意破坏"的观点——一种为保护自然而摧毁破坏生态的机械设备的激进的环保行为。以主人公海杜克为代表的环保主义者对违背自然规律而修建的大型水坝进行了激烈反抗，其行为是对错误价值观和盲目发展的强烈批判。

被誉为美国当代杰出的生态文学作家和生态思想家温德尔·贝里把他乡下的家庭农场堪普（camp）看作是真正的自然，那里是他逃避都市喧嚣的世外桃源。《吊脚楼》（The

Long – Legged House）是他生态文学作品的代表作，于其中他提出了"人类将如何归属于大地"的疑问。贝里以他的亲身经历向人们证明：如果一个人在某一地方长期生活，并对这个地方进行深入了解之后，就能够实现归属于某一处所的愿望。贝里还将人与大地的关系形象地比作婚姻关系，认为人只有对大地忠诚并热爱，大地才会接受人类并以更多的回报给予人类，就如在婚姻中保持稳定的双方关系一般。

安妮·迪拉德是当代美国自然文学的代表之一，她的散文集《汀克溪的朝圣者》（Pilgrim at Tinker Creek，又译《溪畔天问》）被认为是堪与梭罗的《瓦尔登湖》相媲美的佳作。在《汀克溪上的朝圣者》中，主人公与大自然的一草一木及飞禽走兽融为一体，安妮·迪拉德以诗意的笔触和生趣盎然的意象勾画出一个神秘的世外桃源。迪拉德擅长用独特的语言表述内心活动，并对环境问题深表忧虑，她认为人类生存的最理想状态就是与大自然紧密接触并和谐相处，进而实现主客观存在的完美统一。

此外，加利·施奈德的文集《野性的习俗》表达了对蛮荒地带的生物的同情之心；洛佩兹在《北极梦：北方美景中的想象和欲望》（1986）中讴歌和赞美了在恶劣环境中顽强生存的动物和植物，呼吁我们反抗对这些地方的掠夺和破坏；斯塔福德是自然的歌手，诗集《穿越黑暗》激烈抨击了现代文明对自然的摧毁；美国当代诗人西尔维娅·普拉斯的《榆树》《侦探》《高烧 103 度》《瘫痪》等诗作带有明显的生态环境意识，其中《瘫痪》是一首痛斥环境污染的诗，描述了环境污染和化学物质对人体神经组织造成的严重后果，其症状与卡森所描述的"健忘、失眠、做噩梦，直至癫狂"完全一致。这些作家都关注当下日益恶化的生态环境，他们将理想中的世外桃源式的生活寄托在自己的作品中，表现出了对当下生存境遇的深深忧虑。

《寂静的春天》的影响从美国蔓延到了全世界，如今卡森的思想已经成为全人类的共识，是卡森将世界领上了环境保护这条道路。

参考文献

著作类

〔英〕阿雷恩·鲍尔德温:《文化研究导论》,陶东风等译,高等教育出版社,2004。

〔美〕爱德华·W. 萨义德:《东方学》,王宇根译,三联书店,2000。

〔美〕爱德华·W. 萨义德:《东方学》,王宇根译,生活·读书·新知三联书店,2013。

〔美〕爱德华·W. 萨义德:《知识分子论》,单德兴译,生活·读书·新知三联书店,2013。

〔英〕安东尼·吉登斯:《现代性与自我认同》,赵旭东、方文译,三联书店,1998。

〔英〕安妮·怀特海德:《创伤小说》,李敏译,河南大学出版社,2011。

鲍晓兰主编《西方女性主义研究评介》,三联书店,1995。

〔美〕贝尔·胡克斯:《女权主义理论:从边缘到中心》,

晓征，平林译，江苏人民出版社，2001。

〔美〕本尼迪克特·安德森：《想象的共同体》，吴叡人译，上海世纪出版集团，2005。

〔加〕查尔斯·泰勒：《自我的根源：现代认同的形成》，韩震等译，凤凰出版传媒集团，2008。

陈染：《潜性逸事》，河北教育出版社，1995。

陈顺馨、戴锦华：《妇女、民族与女性主义》，中央编译出版社，2004。

陈晓明：《剩余的文学性》，新星出版社，2013。

陈众议：《加西亚·马尔克斯评传》，浙江文艺出版社，1999。

陈祖君：《汉语文学期刊影响下的中国当代少数民族文学》，中国社会科学出版社，2009。

戴锦华：《镜城突围：女性·电影·文学》，作家出版社，1995。

戴锦华：《隐形书写：90年代中国文化研究》，江苏人民出版社，1999。

戴庆中、王良范：《边界漂移的乡土：全球化语境下少数民族的生存智慧与文化突围》，中国社会科学出版社，2008。

单小曦：《现代传媒语境中的文学存在方式》，中国社会科学出版社，2008。

党圣元：《返本与开新：中国传统文论的当代阐释》，河南大学出版社，2011。

党圣元、刘瑞弘：《生态批评与生态美学》，中国社会科学出版社，2011。

〔德〕狄特富尔特等编《人与自然》，周美琪译，三联书店，1993。

〔德〕恩斯特·卡西尔：《人论》，甘阳译，上海译文出版社，1985。

〔德〕恩斯特·卡西尔：《语言与神话》，三联书店，1988。

〔法〕梵·第根：《比较文学论》，戴望舒译，台湾商务印书馆，1995。

〔美〕费瑟斯通：《消解文化：全球化、后现代主义与认同》，杨渝东译，北京大学出版社，2009。

费孝通：《文化的生与死》，上海人民出版社，2009。

冯志钧主编《诗文与修养》，浙江大学出版社，2003。

〔英〕弗吉尼亚·伍尔夫：《论小说与小说家》，瞿世镜译，上海译文出版社，2000。

〔美〕弗雷德里克·杰姆逊、三好将夫编《全球化文化》，马丁译，南京大学出版社，2002。

〔奥〕弗洛伊德：《达芬奇及其童年的回忆》，张杰等译，上海文化出版社，2006。

〔奥〕弗洛伊德：《精神分析引论》，商务印书馆，1994。

〔苏〕高尔基：《论文学》，人民文学出版社，1983。

〔苏〕高尔基：《论文学》，人民文学出版社，1983。

高虹：《新夏娃的诞生：西蒙·波伏娃》，四川人民出版社，1998。

高楠、王纯菲：《中国文学跨世纪发展研究》，人民文学出版社，2008。

高楠：《西论中化与中国文论主体性》，文化艺术出版社，2011。

〔美〕格伦·A. 洛夫：《实用生态批评：文学、生物学及环境》，胡志红等译，北京大学出版社，2010。

葛兆光：《中国思想史》，复旦大学出版社，1997。

〔法〕古斯塔夫·勒庞：《乌合之众：大众心理研究》，陈剑译，译林出版社，2016。

关纪新、朝戈金：《多重选择的世界——当代少数民族作家文学的理论描述》，中央民族大学出版社，1995。

关纪新：《20世纪中华各民族文学关系研究》，民族出版社，2006。

〔德〕海德格尔：《人，诗意地安居：海德格尔语要》，郜元宝译，广西师范大学出版社，2000。

〔德〕海德格尔：《在通向语言的途中》，孙周兴译，商务印书馆，2004。

何成洲主编《跨学科视野下的文化身份认同——批评与探索》，北京大学出版社，2011。

何卫青：《小说儿童——1980—2000：中国小说中的儿童视野》，中国海洋大学出版社，2005。

〔美〕J.华勘斯坦：《开放社会科学》，刘锋译，三联书店，1997。

黄奋生：《蒙藏新志》，香港中华书局铅印，1938。

〔美〕霍尔姆斯罗尔斯顿：《哲学走向荒野》，叶平译，吉林人民出版社，2000。

姜飞：《跨文化传播的后殖民语境》，中国人民大学出版社，2005。

蒋承勇：《西方文学"人"的母题研究》，人民出版社，2005。

金元浦：《文化研究：理论与实践》，河南大学出版社，2004。

金元浦主编《美学与艺术鉴赏》，首都师范大学出版社，1999。

〔德〕卡尔·雅斯贝尔斯：《当代的精神处境》，生活·读书·新知三联书店，1992。

卡丽娜：《驯鹿鄂温克人文化研究》，辽宁民族出版社，2006。

〔美〕卡洛琳·麦茜特：《自然之死》，吴国盛译，吉林人民出版社，1999。

〔美〕英克尔斯：《人的现代化》，殷陆军编译，四川人民出版社，1985。

〔美〕拉尔夫·瓦尔多·爱默生：《论自然》，吴瑞楠译，中国对外翻译出版公司，2010。

〔美〕莱斯利·菲德勒：《文学是什么？高雅文化与大众

社会》，陆扬译，译林出版社，2011。

乐黛云、张辉主编《文化传递与文学形象》北京大学出版社，1999。

冷成金：《中国文学的历史与审美》，中国人民大学出版社，1999。

李欧梵：《现代性的追求》，三联书店，2000。

李泽厚：《美学三书》，安徽文艺出版社，1999。

李子贤：《多元文化与民族文学：中国西南少数民族文学的比较研究》，云南教育出版社，2001。

〔美〕理安·艾斯勒：《圣杯与剑》，程志民译，社会科学文献出版社，1993。

〔美〕利奥·洛文塔尔：《文学、通俗文化和社会》，甘锋译，中国人民大学出版社，2012。

刘禾：《跨语际实践：文学，民族文化与被译介的现代性》，生活·读书·新知三联书店，2014。

刘禾：《跨语际实践：文学，民族文化与被译介的现代性（中国，1900—1937）》，生活·读书·新知三联书店，2009。

刘慧英：《走出男权传统的藩篱》，三联书店，1995。

刘俐俐：《文学"如何"：理论与方法》，北京大学出版社，2009。

刘青汉：《生态文学》，人民出版社，2012。

刘思谦、屈雅君：《性别研究：理论背景与文学文化阐释》，南开大学出版社，2010。

刘渭：《从边缘走向中也：美、法女性主义文学批评与理论》，生活·读书·新知三联书店，1995。

刘小枫：《拯救与逍遥》，华东师范大学出版社，2007。

刘晓东：《儿童精神哲学》，南京师范大学出版社，1999。

卢风：《应用伦理学——现代生活方式的哲学反思》，中央编译出版社，2004。

〔法〕卢梭：《爱弥儿论教育》（上卷），李平沤译，商务印书馆，1996。

鲁枢元：《生态文艺学》，山西人民教育出版社，2000。

鲁枢元：《文学的跨界研究：文学与生态学》，学林出版社，2011。

陆贵山：《文艺理论与文学批评》，作家出版社，2010。

陆扬、李定清：《伍尔夫是怎样读书写作的·卷首语》，长江文艺出版社，1998。

陆扬：《文化研究导论（修订版）》，复旦大学出版社，2014。

吕豪爽：《中国新时期少数民族小说研究》，河南大学出版社，2010。

〔美〕罗伯特·斯塔姆，亚历桑德拉·雷恩格：《文学和电影——电影改编理论与实践指南》（英文版），北京大学出版社，2006。

罗钢、刘象愚主编《文化研究读本》，中国社会科学出版社，2000。

〔美〕罗斯玛丽·帕特南·童：《女性主义思潮导论》，艾晓明等译，华中师范大学出版社，2002。

《马克思恩格斯全集》（42卷），人民出版社，1979。

马学良：《中国少数民族文学比较研究》，中央民族大学出版社，1997。

〔英〕玛丽·伊格尔顿：《女权主义文学理论》，胡敏、陈彩霞、林树明译，湖南文艺出版社，1989。

〔美〕迈克尔·赫兹菲尔德：《人类学：文化和社会领域中的理论实践》，刘珩、石毅、李昌银译，华夏出版社，2009。

〔美〕曼纽尔·卡斯特：《认同的力量》，曹荣湘译，社会科学文献出版社，2006。

孟繁华：《众神狂欢——世纪之交的中国文化现象（新版）》，中国人民大学出版社，2009。

孟繁华：《众神狂欢：世纪之交的中国文化现象》，中央编译出版社，2003。

孟华：《比较文学形象学》，北京大学出版社，2001。

孟抗美：《文学艺术教育》，人民出版社，2002。

孟悦、戴锦华：《浮出历史地表》，中国人民大学出版社，2004。

孟悦：《人·历史·家园：文化批评三调》，人民文学出版社，2006。

〔法〕米歇尔·福柯:《规训与惩罚》,刘北成、杨远缨译,生活·读书·新知三联书店,2003。

〔美〕尼尔·波兹曼:《娱乐至死·童年的消逝》,章艳译,广西师范大学出版社,2009。

〔英〕尼尔·格兰特:《文学的历史》,乔和鸣译,希望出版社,2004。

彭书麟、于乃昌、冯玉柱主编《中国少数民族文艺理论集成》,北京大学出版社,2005。

蒲震元:《电影批评:迈向21世纪》,北京广播学院出版社,2002。

钱谷融、鲁枢元主编《文学心理学》,华东师范大学出版社,2003。

钱穆:《中国文化特质》,上海三联书店,1988。

〔美〕乔治·布鲁斯东:《从小说到电影》,中国电影出版社,1981。

邱永辉:《现代印度的种姓制度》,四川人民出版社,1996。

饶芃子、费勇:《本土以外——论边缘的现代汉语文学》,中国社会科学出版社,1998。

任一鸣:《后殖民:批评理论与文学》,外语教学与研究出版社,2008。

〔美〕瑞秋·卡森:《寂静的春天》,李文昭译,晨星出版有限公司,2006。

〔美〕赛义德:《世界·文本·批评家》,李自修译,生活·读书·新知三联书店,2009。

〔美〕赛义德:《文化与帝国主义》,李琨译,生活·读书·新知三联书店,2003。

商金林:《中国现代教育家传》(第2卷),湖南教育出版社,1986。

邵燕君:《倾斜的文学场——当代文学生产机制的市场化转型》,江苏人民出版社,2003。

〔美〕斯洛维克:《走出去思考:入世、出世及生态批评的职责》,韦清埼译,北京大学出版社,2010。

宋伟:《当代社会转型中的文学理论热点问题》,文化艺术出版社,2012。

宋玉书:《坚守与应变:大众传媒时代的文学及传播形态》,文化艺术出版社,2013。

孙桂荣:《变动时代的性别表达:新时期女性文学与文化研究文献史料辑》,人民出版社,2016。

孙景尧选编《新概念 新方法 新探索——当代西方比较文学论文选》,漓江出版社,1987。

孙绍先:《女性主义文学》,辽宁大学出版社,1987。

谭桂林、龚敏律:《当代中国文学与宗教文化》,岳麓书社,2006。

〔英〕汤因比:《人类与大地母亲》,徐波等译,上海人民出版社，2001。

陶东风主编《中国革命与中国文学》，黑龙江人民出版社，2009。

田泥、博弈：《女性文学与生态：20世纪80年代以来女作家生态写作》，中国社会科学出版社，2017。

王斑：《全球化阴影下的历史与记忆》，南京大学出版社，2006。

王纯菲、宋伟：《中国现代性：理论视域与文学书写》，文化艺术出版社，2013。

王明珂：《华夏边缘：历史记忆与族群认同》，台北允晨文化出版社，1997。

王明丽：《生态女性主义与现代中国文学女性形象》，中国书籍出版社，2013。

王宁：《超越后现代主义》，人民文学出版社，2002。

王宁：《全球化：文化研究和文学研究》，广西师范大学出版社，2003。

王宁、薛晓源：《全球化与后殖民批评》，中央编译出版社，1998。

王诺：《生态批评与生态思想》，人民出版社，2013。

王德胜：《问题与转型——多维视野中的当代中国美学》，山东美术出版社，2009。

王德威：《想象中国的方法》，三联书店，1998。

王晓明：《在新意识形态的笼罩下——90年代的文化和文学分析》，江苏人民出版社，2000。

王一川：《文艺转型论——全球化与世纪之交文艺变迁》，北京师范大学出版社，2011。

王岳川：《后现代后殖民主义在中国》，首都师范大学出版社，2002。

〔美〕韦勒克、沃伦：《文学理论》，刘象愚等译，江苏教育出版社，2005。

魏颖：《性别视角中的女性形象与文化语境》，中国社会科学出版社，2017。

吴道毅：《南方民族作家文学创作论》，民族出版社，2006。

吴光远主编《文学与生存》，中国社会出版社，2004。

吴宓：《文学与人生》，王珉源译，清华大学出版社，1993。

吴琼编《凝视的快感：电影文本的精神分析》，中国人民大学出版社，2005。

吴士余：《中国文化与小说思维》，三联书店，2000。

〔奥〕西格蒙德·弗洛伊德：《梦的解析》，李燕译，陕西师范大学出版社，2008。

〔法〕西蒙·波娃：《第二性——女人》，桑竹影、南珊译，湖南文艺出版社，1986。

徐艳蕊：《媒介与性别：女性魅力、男子气概及媒介性别表达》，浙江大学出版社，2014。

薛玉凤:《美国文学的精神创伤学研究》,科学出版社,2015。

杨莉馨:《西方女性主义文论研究》,江苏文艺出版社,2002。

杨文炯:《传统与现代性的殊相:人类学视阈下的西北少数民族历史与文化》,民族出版社,2002。

姚新勇:《寻找:共同的宿命与碰撞:转型期中国文学多族群及边缘区域文化关系研究》,中国社会科学出版社,2010。

叶平:《环境的哲学与伦理》,中国社会科学出版社,2006。

叶舒宪:《文学与人类学:知识全球化时代的文学研究》,社会科学文献出版社,2003。

叶宪舒主编《文学与治疗》,社会科学文献出版社,1999。

〔美〕伊恩·P. 瓦特:《小说的兴起》,高原、董红钧译,生活·读书·新知三联书店,1992。

〔英〕伊格尔顿:《理论之后》,商正译,商务印书馆,2009。

〔美〕伊莱恩·肖瓦尔特:《女权主义与今日文学理论》,政治出版社,1990。

〔美〕于连·沃尔夫莱:《批评关键词:文学与文化理论》,陈永国译,北京大学出版社,2015。

袁鼎生:《生态视域中的比较美学》,人民出版社,2005。

袁可嘉等编选《现代主义文学研究》(上),中国社会科学出版社,1989。

〔英〕约翰·雷门:《伍尔夫》,余光照译,百家出版社,2004。

〔英〕约翰·斯道雷:《文化理论与大众文化导论》,常江译,北京大学出版社,2010。

〔美〕詹姆斯·罗尔:《媒介、传播、文化:一个全球性的途径》,周宪译,商务印书馆,2005。

〔美〕张英进:《影像中国——当代中国电影的批评重构及跨国想象》,胡静译,上海三联书店,2008。

〔美〕张英进:《中国现代文学与电影中的城市:空间、时间与性别构形》,秦立彦译,江苏人民出版社,2007。

张京媛:《当代女性主义文学批评》,北京大学出版社,1992。

张京媛:《新历史主义与文学批评》,北京大学出版社,1993。

张莉:《浮出历史地表之前:中国现代女性写作的发生》,南开大学出版社,2010。

张隆溪选编《比较文学译文集》,北京大学出版社,1982。

张德明:《西方文学与现代性的展开》,中国社会科学出版社,2009。

张文驹:《对生命的敬畏:新世纪的大话题》,内蒙古科学技术出版社,1999。

张旭东:《批评的踪迹:文化理论与文化批评》,生活·读书·新知三联书店,2003。

张旭东:《全球化时代的文化认同:西方普遍主义话语的历史批判》,北京大学出版社,2006。

张颐武:《全球化与中国电影的转型》,中国人民大学出版社,2006。

张志扬：《创伤记忆》，上海三联书店，1999。

赵凌河：《历史变革中的中国现代文学》，文化艺术出版社，2014。

赵勇：《大众媒介与文化变迁》，北京大学出版社，2010。

赵志忠主编《20世纪中国少数民族文学百家评传》，辽宁民族出版社，2007。

郑晓光、李俊义：《贡桑诺尔布史料拾遗》，内蒙古人民出版社，2012。

郑晓云：《文化认同论》，中国社会科学出版社，1992。

中国社会科学院外国文学研究所：《小说的艺术：小说创作论述》，社会科学文献出版社，1995。

钟叔河：《走向世界丛书》，岳麓书社，1985。

周宪：《审美现代性批判》，商务印书馆，2005。

周宪：《文化现代性与美学问题》，中国人民大学出版社，2005。

周宪主编《文学与认同：跨学科的反思》，中华书局，2008。

周宪主编《中国文学与文化的认同》，北京大学出版社，2008。

朱耀伟：《当代西方批评论述的中国图像》，中国人民大学出版社，2010。

朱自强：《中国儿童文学与现代化进程》，浙江少年儿童出版社，2000。

祝均宙、萧斌如：《萨空了文集》，上海科学技术文献出版社，2002。

A Writers Diary, ed., Leonard Woolf, London: Hogorth Press, 1953.

Carol B: Gartner: Rachel Carson New York: Frederick Ungar Publishing, 1983.

Mary Eagleton: Feminist Literary Criticism, New York: Longman Inc, 1991.

New Feminist Essays on Virginia Woolf, ed., Jane Marcus, London, 1981.

Rachel Carson: Silent Spring. Boston: Houghton Mifflin Company, 1962.

Virginia Woolf, Wemen and Writingt, New York: A Harvest Book, 1980.

论文类

阿来：《汉语：多元文化共建的公共语言》，《当代文坛》2006 年第 1 期。

阿来：《文学表达的民间资源》，《民族文学》2001 年第 9 期。

白晓霞：《西部少数民族文学中的文化意识》，《当代文坛》2009 年第 1 期。

曹顺庆：《三重话语霸权下的少数民族文学研究》，《民族文学研究》2005年第3期。

朝戈金：《中国双语文学：现状与前景的理论思考》，《民族文学研究》1991年第1期。

陈定家：《后信息时代的文学景观》，《广西师范大学出版社》（哲学社会科学版）2009年第2期。

陈定家：《互文性与开放的文本》，《社会科学辑刊》2014年第4期。

陈晓兰：《关于女性主义批评的反思》，《兰州大学学报》1999年第2期。

陈义华、王伟均：《印度海外文学的发展与研究》，《外国文学研究》2014年第2期。

陈永国：《身份认同与文学的政治》，《清华大学学报》（哲学社会科学版）2016年第6期。

单小曦：《纸媒文学·数字文学·文艺学边界》，《中州学刊》2010年第2期。

但汉松：《"与狗遭遇"：论库切〈耻〉中的南非动物叙事》，《外国文学评论》2018年第3期。

党圣元：《传统文论的当代价值与民族美学自信的重建》，《中国文化研究》2015年第3期。

董亮：《库切研究的新动向：关注作家的作者身份建构》，《外国文学研究》2018年第1期。

范方俊：《移动的边界：比较文学的百年学科发展定位》，

《学术研究》2013年第6期。

高楠：《当下中国社会转型中的理性批判与文论的心理性精神》，《文艺理论研究》2013年第3期。

高楠：《精神超越与文学的超越精神——"文学边缘化"说法质疑》，《文艺研究》2006年第12期。

葛荃：《论中国传统"士人精神"的现代转换》，《华侨大学学报》（人文社会科学版）2001年第2期。

管宁：《当代大众传媒与文学生产研究述评》，《福建师范大学学报》2007年第6期。

何畅：《后殖民生态批评》，《外国文学》2013年第4期。

胡友峰：《电子媒介时代文学的生产方式》，《浙江社会科学》2016年第6期。

黄崇超：《大众文化转型背景下文学的"泛文化"转向分析》，《东北师大学报》2010年第2期。

黄晖：《非洲文学研究在中国》，《外国文学研究》2016年第5期。

黄平：《细读经典与人文精神——以陈思和学术思想为中心》，《当代作家评论》2010年第4期。

江玉娇、邵秀芳：《西方文学教育的经验分析及其启示》，《浙江师范大学学报》（社会科学版）2011年第1期。

姜云飞：《"双性同体"与创造力问题：弗吉尼亚·伍尔夫女性主义诗学思想理论批评》，《文艺评论》1996年第

3 期。

　　金柄珉、崔一：《东亚跨文化研究的历史及其展望》，《东疆学刊》2013 年第 4 期。

　　李庆本：《谈新媒体时代的文学生产与消费》，《湖南社会科学》2013 年第 6 期。

　　李秋霞：《21 世纪国内生态女性主义研究述评》，《河南社会科学》2010 年第 2 期。

　　李晓峰：《论中国当代少数民族文学话语的发生》，《民族文学研究》2007 年第 1 期。

　　李永东：《文化身份、民族认同的含混与危机》，《文学评论》2012 年第 3 期。

　　李震：《文学理论的学科性与跨学科性——对"文学理论边界"问题的一种理论回应》，《甘肃社会科学》2008 年第 5 期。

　　李志艳：《文学主体性与边界：当代文学生产的"传媒化"病症研究》，《浙江社会科学》2011 年第 10 期。

　　刘大先：《当代少数民族文学批评：反思与重建》，《文艺理论研究》2005 年第 2 期。

　　刘大先：《中国少数族裔文学的认同与主体问题》，《文艺理论研究》2009 年第 5 期。

　　刘俐俐：《汉语写作怎样成就了少数民族优秀文学作品的独特价值——以鄂温克族作家乌热尔图的作品为例》，《学术研究》2009年第4期。

刘俐俐：《民族文学与文学性问题》，《民族文学研究》2005年第2期。

刘小新：《论文学的民族性与民族主义》，《福建论坛》2008年第2期。

刘晓丽：《殖民体制差异与作家的越域、跨语和文学想象——以台湾、伪满洲国、沦陷区文坛为例》，《社会科学辑刊》2016年第2期。

刘颖：《女性与自然的本源同构：生态女性主义的思想"原型"》，《安徽师范大学学报》（人文社会科学版）2010年第1期。

陆贵山：《文学艺术与人的解放问题》，《河北学刊》2016年第3期。

陆贵山：《综合思维与文艺学宏观研究》，《文学评论》2007年第2期。

罗婷：《英国女性小说中的现实主义传统》，《杭州大学学报》1998年第2期。

罗婷：《女性神话的重建》，《湘潭大学学报》1994年第2期。

罗兴萍：《文本如何细读——陈思和文学评论的特点》，《文艺争鸣》2009年第7期。

马大康：《论作为"边界文化"的文学》，《中国文学研究》2013 年第 2 期。

马大康、周启来：《文学理论关键词："文学创造"与"文学生产"》，《江海学刊》2010 年第 3 期。

麦永雄：《后现代多维空间与文学间性——德勒兹后结构主义关键概念与当代文论的建构》，《清华大学学报》（哲学社会科学版）2007 年第 2 期。

梅晓云：《文学无根人的悲歌——从〈黑暗之地〉读解 V. S. 奈保尔》，《外国文学评论》2002 年第 1 期。

梅晓云：《幽暗与朗照——南亚流散文学中的族裔记忆与家国想象》，《西北大学学报》（哲学社会科学版）2014 年第 5 期。

牟芳芳：《论纽曼对"文学"教育的辩护》，《外国文学评论》2010 年第 3 期。

穆诗雄：《沃尔夫与女权论文学批评》，《江西师范大学学报》1996 年第 1 期。

欧阳可惺：《当代少数民族文学批评理论的整合与边缘性批评姿态》，《当代文坛》2008 年第 5 期。

欧阳友权：《新媒体与中国文艺学的转向》，《文学评论》2013 年第 3 期。

〔美〕帕特里克·D. 墨菲：《环境正义和生态女性主义生存观在当代文学中的应用》，华媛媛译，《山东社会科学》2014 年第 1 期。

商金林：《文学的边界和本质》，《文学评论》2014 年第 2 期。

邵燕君：《传统文学生产机制的危机和新型机制的生成》，《当代文学论坛》2009 年第 12 期。

邵燕君：《网络时代：新文学传统的断裂与"主流文学"的重建》，《南方文坛》2012 年第 6 期。

沈立岩：《关于文论"失语"和"话语重建"的再思考》，《南开学报》2001 年第 3 期。

沈贤淑、王燕：《意识·身体·沉默——库切小说语言的历史性探索》，《外语与外语教学》2016 年第 4 期。

石海军：《奈保尔笔下的性爱、种族与自我》，《上海师范大学学报》（哲学社会科学版）2015 年第 2 期。

史忠义：《关于"文学性"定义的思考》，《中国比较文学》2000 年第 3 期。

宋炳辉：《比较文学视野：学科边界的相对性与文学系统的多元谱系》，《东北师大学报》（哲学社会科学版）2016 年第 6 期。

宋炳辉：《开放的经典教育与新世纪文学生态》，《天津师范大学学报》（社会科学版）2006 年第 6 期。

孙绍先：《女权主义》，《外国文学》2004 年第 5 期。

陶东风：《移动的边界与文学理论的开放性》，《文学评论》2004 年第 6 期。

田泥：《谁在边缘地吟唱？——转型期中国当代少数民族女性写作》，《民族文学研究》2005年第2期。

王纯菲：《新世纪文学的图像化写作与文学的越界》，《文学评论》2008年第1期。

王纯菲：《新世纪文学中的文学传统》，《文艺研究》2007年第12期。

王红：《复调与重弹：当代民族文学的动物叙事研究》，《宁夏社会科学》2007年第6期。

王静：《人与自然：当代少数民族文学生态创作概述》，《河南大学学报》2006年第1期。

王妮、向天渊：《库切小说中的"属下"形象——后殖民理论视域下的一种阐释》，《当代外国文学》2017年第3期。

王宁：《流散文学与文化身份认同》，《社会科学》2006年第11期。

王诺：《雷切尔·卡森的生态文学成就和生态哲学思想》，《国外文学》2002年第2期。

王轻鸿：《信息科学视域与"文学性"观念的转型》，《浙江社会科学》2009年第9期。

王德胜：《在文学"边界"之争与"日常生活审美化"之间》，《贵州社会科学》2007年第9期。

王晓明：《面对新的文学生产机制》，《文艺理论研究》

2003年第2期。

王岩：《传媒文化语境下文学经验危机的美学反思》，《中州学刊》2016年第7期。

王一川：《泛媒介互动路径与文学转变》，《天津社会科学》2007年第1期。

王一川：《近三十年文学教育的三次转向》，《文学教育》2008年第5期。

温儒敏：《"文学生活"概念与文学史写作》，《北京大学学报》2013年第5期。

姚晓鸣：《后殖民语境下奈保尔作品的流散叙事研究》，《河南社会科学》2012年第9期。

叶梅：《寻找爱和生命快乐的民族女性话语》，《民族文学研究》2008年第2期。

叶舒宪：《中国文化的构成与"少数民族文学"：人类学视角的后现代关照》，《民族文学研究》2009年第2期。

俞曦霞：《批判与超越：奈保尔宗教意识研究》，《上海师范大学学报》（哲学社会科学版）2016年第1期。

张和龙、林萍：《后殖民流散写作的祛魅与批判——读〈英国跨文化小说中的身份错乱〉》，《中国比较文学》2018年第1期。

张德明：《流浪的缪斯——20世纪流亡文学初探》，《外国文学评论》2002年第8期。

张平功：《文化研究语境中的英国文学研究》，《社会科学战线》2003 年第 6 期。

张同道：《中西文化的宁馨儿——中国现代主义诗的特质研究》，《文学评论》1994 年第 3 期。

张直心：《"汉化"？"欧化"？——少数民族作家汉语写作的文体探索》，《民族文学研究》1998 年第 4 期。

章汝雯：《〈所罗门之歌〉中的女性化话语和女权主义话语》，《外国文学》2005 年第 5 期。

赵勇：《文学生产与消费活动的转型之旅——新世纪文学十年抽样分析》，《贵州社会科学》2010 年第 1 期。

郑崇选：《新媒介文学的发展态势及其文化形态分析》，《南京社会科学》2011 年第 6 期。

郑志华：《矛盾与困境：奈保尔早期小说狂欢化品格初探》，《文艺理论与批评》2013 年第 4 期。

周乐诗：《"双性同体"的神话思维及其现代意义》，《文艺研究》1996 年第 5 期。

周宪：《换种方式说"艺术边界"》，《北京大学学报》（哲学社会科学学报）2016 年第 6 期。

朱栋霖：《人的发现与文学史构成》，《学术月刊》2008 年第 3 期。

朱峰：《后殖民生态视角下的〈耻〉》，《外国文学研究》2013 年第 1 期。

后　记

——从跨界到交融

《文学跨界研究》是我近 20 年从事比较文学与世界文学教学与科研工作的一个粗浅总结，在比较文学视域下对作家作品从现象比较、文学关联、异质文化对话等角度进行跨界研究，最终是为了更好地促成文学的交流与交融。民族文学只有走向世界，其价值才能真正发挥出来，这也是"世界文学"的意义所在。

对文学进行跨文化的比较研究，无疑是促进文学交流与融合的一个绝好的方法。比如，我们将古希腊的抒情女诗人萨福与中国南宋时期的女诗人朱淑真进行比较，能够发现一个感情炽热，尽显抒情之能事；一个感情含蓄，诗风哀婉。不同的诗风源于不同的文化背景，古希腊民主自由的宽松环境使得萨福拥有充满了不断奋斗与追求的人生，与生俱来就有着坦率、真挚的内心世界；而朱淑真生活在专制君主的统治之下，情感含蓄、委婉，人生带有悲剧色彩。还可以就

"孤独"母题对拉丁美洲魔幻现实主义文学与中国藏域小说进行对比，通过比较，可以看出二者在精神本质上和现实指向上有着许多内在的一致性，也能明显看到藏域小说对拉美魔幻现实主义文学的借鉴——借鉴了适合于表现藏族现实生活的现代主义创作方式。藏域小说运用现代意识来探询西藏人民的生存现状与历史传统的本质，描绘出一幅具有特色的藏族风情。我们还可以从世界文学新思潮、新理论、新方法对民族文学的影响来探讨文学影响与交融的问题。新时期的蒙古族文学在西方现代主义思潮的影响下，艺术形式、风格和表现手法都呈现出了多样化的特点，表现出了更加深刻的内涵，在思想和艺术方面都步入一个崭新的领域。但是，新时期的蒙古族文学在世界文学大融合的潮流中，仍然保持着自己民族的独特性，这也是蒙古族文学的魅力所在。通过不同层面的比较，我们看到了世界文学的多样性，也看到了文学交流与融合的可能性，这也正是进行比较文学研究的目的所在。

  本书即将问世，心中有许多感慨。回想步入比较文学与世界文学领域的这20个春秋，我遇到了许多至亲至善的师友，他们带给我几多收获，给我增添几多幸运。特别感谢给我学业和事业带来重大转机的两位导师——硕导将我从安逸而无所作为的泥淖中拽出来，带入学术领域，扭转了我的人生航向；博导又将我的学术视野拔高到一个新境界。从最早的北京大学泰戈尔的会议,到比较文学与外国文学的全国乃至国际学术会议,与两位导师同行的每一个经历都是一次思想的启迪和灵魂的洗礼。此外,还要感谢内蒙古师范大学教育学院的慷慨资助,这个善举令处于边缘地带的"语文老师"深为感动;感谢社会科学文献出版社的杨春花编辑,杨老师的和善严谨和暖暖的人文关怀令人动容。

  本书的许多观点不够成熟,论述不够全面,恳请学界专家批评指正。

2019 年 6 月 14 日于呼和浩特

图书在版编目（CIP）数据

文学跨界与跨文化研究/杨晓敏著. -- 北京：社会科学文献出版社，2019.9
 ISBN 978 - 7 - 5201 - 5360 - 7

Ⅰ.①文… Ⅱ.①杨… Ⅲ.①比较文学 - 文学研究 - 中国、西方国家 Ⅳ.①I0 - 03

中国版本图书馆 CIP 数据核字（2019）第 171851 号

文学跨界与跨文化研究

著　　者 / 杨晓敏
出 版 人 / 谢寿光
组稿编辑 / 宋月华　杨春花
责任编辑 / 周志宽
文稿编辑 / 刘云萍

出　　版 / 社会科学文献出版社·人文分社（010）59367215
　　　　　　地址：北京市北三环中路甲 29 号院华龙大厦　邮编：100029
　　　　　　网址：www.ssap.com.cn

发　　行 / 市场营销中心（010）59367081　59367083

印　　装 / 三河市东方印刷有限公司

规　　格 / 开　本：889mm × 1194mm　1/32
　　　　　　印　张：8　字　数：165 千字

版　　次 / 2019 年 9 月第 1 版　2019 年 9 月第 1 次印刷

书　　号 / ISBN 978 - 7 - 5201 - 5360 - 7

定　　价 / 98.00 元

本书如有印装质量问题，请与读者服务中心（010 - 59367028）联系

▲ 版权所有 翻印必究